二つの「金印」の謎

西村京太郎

JN054330

双葉文庫

目次

十津川警部
二つの「金印」の謎

第一章　首なし死体

1

八〇五号室から異臭がすると、中目黒《なかめぐろ》のマンションの住人が騒ぎ出したのは、寒さも和《やわ》らいだ、三月五日のことだった。

管理人の井上《いのうえ》は、合い鍵を使って、八〇五号室を開けた。

異臭がすると、文句をいった住人が、井上の後ろから、部屋のなかを覗きこんだ。2DKの部屋である。

奥の部屋を覗くと、背広姿の男が、壁に寄りかかっているのが見えた。

しかし、次の瞬間、管理人の井上は、息をのみ、彼の後ろから、覗きこんでいたマンションの住人が、悲鳴をあげた。

その背広姿の男には、首がなかったからである。

2

一時間後、その部屋は、警視庁捜査一課の刑事と、写真を撮《と》り、指紋を採取する鑑識課員で、一杯になった。

十津川警部は、まだ蒼ざめた顔をして、呆然と、部屋の隅に立っている管理人の井上に、目をやった。

「死んでいるのは、この部屋の住人ですか?」

「いえ、この部屋を借りているのは、女性なんです。木村利香《きむらりか》という三十歳前後の女性ですよ。男の人が同居している様子はありませんでした」

井上は、声を震わせて、いった。

なるほど、2DKの部屋は、若い女性の部屋らしい匂いがする。

「その、木村利香さんという女性のことを、詳しく話してもらえませんか?」

十津川がいうと、井上は、

「私は、管理会社に頼まれて、一日おきに、ここにきているものですから、各部屋の住人については、あまり、詳しくしらないんですよ。ただ、この部屋の借り主は、確か、半年ほど前から借りている女性で、私がきいたところでは、誰か、偉い先生の助手をやっているということですが、その先生の名前は、わかりません」

「それだけですか？」

「ええ、申しわけないのですが」

と、井上が、いった。

十津川は、死体に目を戻した。

死体が、寄りかかっている壁には、一枚の紙が、貼ってあった。

その紙には、筆で書いたと思われる墨文字が、並んでいる。

〈歴史を正しく見ようとしない者には、生きている価値がない。よって、ここに、死刑を宣告する〉

紙には〈正義之国王〉と署名され、その下には、小さく朱判が押されてあった。

「何ですかね、これは？」

亀井刑事が、腹立たしげに、十津川にきいた。

「犯人からの、メッセージであることは、まず間違いないが、これだけでは、何をいおうとしているのかは、ちょっとわからないな」

「メッセージの言葉よりも、正義之国王という署名に、腹が立ちますね。その上、犯人は、印鑑まで、作っているんですよ」

「少なくとも、死後四日か、五日は経過しているね」

二人の会話を遮《さえぎ》るように、検視官が、十津川にいった。

「死体の首を切ったのは、どんな刃物ですか？」

「ナイフだけでは、切れないね。だから、ナイフと一緒に、鋸《のこぎり》も使ったんだと思うよ」

「それにしては、あまり、血が飛び散っていませんね」

「死体の左胸に、ナイフで刺されたと思われる傷がある。ナイフで刺して殺しておいて、しばらく経《た》ってから、死体の首を切断したんだろう。だから、それほど、血が出ていないんだ」

死体の着ている背広のポケットを、調べていた西本刑事が、

「身元を証明するようなものは、何も見つかりません。運転免許証も、キャッシュカードも、財布もありません」

と、十津川に、いった。

首なし死体を、司法解剖のために、マンションから運び出したあと、十津川たちは、2DKの部屋を、調べることにした。

部屋を借りていたのは、管理人の話によれば、木村利香という、三十歳前後の女性だという。この女性のことを調べていけば、あの首なし死体の身元も、自然と、割れてくるかもしれない。

入口を入ってすぐの部屋が、リビングとして使われていたらしく、簡単な応接セットが置かれている。死体のあった、奥の部屋は寝室として使っていたのだろう。部屋の隅には、シングルのベッドが置かれていた。

そのほかには、三面鏡があり、衣装ダンスがあり、衣装ダンスには、五、六着のドレスと、ブランドもののハンドバッグなどが、入っていた。

「手がかりになりそうなものは、ありませんね」

と、いったのは、日下だった。

日下は、三面鏡の引き出しなどを、調べていたのだが、

「手紙や、写真などがあれば、何かわかるのではないかと、思ったのですが、そういうものは、何もありません」

「何もないのか?」

「ええ、ありませんね。携帯電話もないし、名刺もありません。身分証明書もありませんから、そういうものは全部、持って歩いているのかも、しれません」

衣装ダンスのなかを調べていた、北条早苗刑事が、

「服もハンドバッグも、すべて、ブランドもので、かなり、高価なものですね。ドレスのなかには、一着何十万円もするものがありますし、ハンドバッグは、シャネルが多いです。木村利香という女性は、シャネルが、好きなのかもしれません」

と、いった。

十津川は、管理人の井上に、

「このマンションは、どこが、持っているんですか?」

と、きいた。

「中目黒駅前にある、アサヒ不動産です」

井上が、答える。

十津川は、西本と日下の二人の刑事に、そのアサヒ不動産にいって、この部屋を、半年前から借りている木村利香という女性が書いた、賃貸契約書を借り、彼女についてわかる話を、きいてくるように、いった。

三十分もすると、二人の刑事が、アサヒ不動産から、問題の賃貸契約書を借りて、戻ってきた。

十津川は、それに、目を通した。

確かに、木村利香、三十歳となっている。しかし、住所の欄には、このマンションの番地が、記入されていたから、彼女が半年前、ここにくる前に、どこにいたのかは、わからなかった。

賃貸契約書によれば、職業はフリーの秘書。年収は六百万円。アサヒ不動産の担当者の話では、木村利香という女性は、東京の杉並《すぎなみ》区に生まれ、区内の小中学校と高校を出たあと、S女子大の、国文科を卒業しているということだった。

十津川は、自分の携帯電話を使って、S女子大学の国文科に、かけてみた。

「八年前に、そちらの国文科を卒業した木村利香という女性が、いたと思うのですが」

と、十津川がいうと、学生課の職員は、記録を調べてくれ、

「ええ、確かに、木村利香という女性は、うちの国文科を、八年前に卒業していますが」

「現在、木村利香さんが、どこに勤めて、どんな仕事をしているか、そちらで、おわかりになりませんか？」

「それは、こちらでは、残念ながらわかりませんが」

「実は、現在、木村利香さんが、借りているマンションにきているのですが、彼女の部屋で、殺人がおこなわれた形跡が、あるんですよ。いや、殺されたのは、木村利香さん本人ではなくて、男の人です。それで、木村利香さんに会って、詳しい話を、おききしたいと思っているのですが、彼女が、見つからないのですよ。そこで、そちらに、電話をかけたのですが、木村利香さんの今の勤め先を、ご存じありませんか？」

と、十津川が、重ねて、きいた。

「卒業生全員の消息を、こちらでも、摑んでいるわけではありませんので、わかりませんね」

「それでは、木村利香さんの、大学時代の友人の名前は、わかりませんか？　できれば、今でも東京か、その近くに、住んでいる友人がいいのですが」

「こちらで調べてみますが、すぐにはわかりません。少し時間をいただければ、わかると思います」

と、相手が、いってくれた。

翌日の三月六日になると、司法解剖の結果が、十津川にしらされた。

被害者は、鋭利な刃物で左胸を一突きされていて、傷は、心臓に達していた。そのため、即死状態だったと思われるという。

その後、犯人は、鋭利な刃物と鋸を使って、首を切断した。

死亡推定時刻は、三月一日の午後九時から十二時の間と、考えられる。

被害者の推定年齢は、三十歳から五十歳の間と幅が広い。

身長百七十五センチ前後、体重八十キロぐらい。

手の指は細く、かつ柔らかくて、肉体労働をしていた手とは、思われない。もし、被害者が、サラリーマンならば、事務的な仕事をしていたものと考えられる。

被害者が、身に着けていた背広、ワイシャツ、ネクタイ、下着、それに、同じく被害者が履いていたと思われる靴は、捜査本部に、運ばれてきていた。

「この被害者は、かなり、オシャレだったんじゃないでしょうか？」

と、三田村刑事が、いった。

「背広は、オーダーされたもののようですし、靴はダンヒルで、最低でも五、六万円はするものです」

その時、S女子大の学生課から、十津川に電話がかかってきて、木村利香の大学時代の友人二人のことが、しらされた。

名前は、青木美佐子《あおきみさこ》と原田亜希《はらだあき》。

青木美佐子のほうは、すでに結婚しているが、原田亜希は独身で、現在、渋谷《しぶや》区内の中学で、国語を教えているという。

十津川は、原田亜希という女性に、まず、会ってみることにした。

十津川は、亀井と二人で、原田亜希と新宿《しんじゆく》西口の、高層ビルの三十二階にある喫茶店で会った。

原田亜希は、最近、木村利香と一緒に撮ったという写真を、持参してきてくれた。

「一カ月ほど前に、利香と二人で、沖縄《おきなわ》に旅行したんですよ。この写真は、その時に撮ったものです」

と、原田亜希が、いう。

「木村利香さんですが、彼女が現在、どんな会社に勤めているのか、どんな仕事をしているのか、それを教えてくれませんか?」

と、十津川が、きいた。

「利香は、どこかの会社で、働いているということは、ないんですよ。彼女は頭がいいし、機転もきくので、大学の先生の臨時の秘書をやったり、評論家の先生の、アシスタントのようなことをやっていると、いっていました。いわばパートのような仕事で、例《たと》えば、学者の先生が、こうしたことが書いてある本が、ほしいというと、彼女は、その本を探して、先生のところに届けたりする。そんな仕事を、していたようですよ」

「特定の、学者や評論家の秘書を、やっていたということは、ないんですか?」

「ええ、それはないみたいで、一カ月か二カ月の短期間だけ契約して、その先生の秘書のようなことをやっていると、利香は、そういっていましたわ」

あの首なし死体は、その学者か、あるいは評論家のひとりなのだろうか?

「一番最近、木村利香さんに、会われたのは、いつですか?」

「それが、一カ月前にいった、沖縄旅行なんですよ。それ以後、私のほうも仕事が忙しくなってしまったので、利香には、一度も会っていません」

「そうなると、今、木村利香さんが、どこにいるのかは、原田さんにも、わからないでしょうね？」

「ええ、申しわけありませんけど。本当に、利香は行方不明なんですか？」

「ええ。何とかして、彼女に会って、話をききたいことがありましてね。彼女のことを、こうして一生懸命捜しているのですが、なかなか、見つかりません。何か、心当たりがありますか？」

「それが、私にも、まったくないんですよ」

「木村利香さんの、携帯電話の番号は、わかりますか？」

十津川が、きくと、原田亜希は、自分の携帯電話を取り出して、何やら、ボタンを押していたが、

「これが、利香の携帯の番号なんです。でも、今、かけてみたけど、利香、出ないんです。どうしたのかしら？」

と、いう。

十津川は、その番号を、教えてもらって、手帳に書き留めた。

「木村利香さんは、現在三十歳ですが、誰か、彼女とつき合っている、特定の男性は、いませんか？」

亀井が、原田亜希に、きいた。

「もしかすると、ちゃんとした人がいるのかもしれませんけど、私には、そういう男性のことを、一度も、話したことがありませんわ。先月、沖縄にいった時も、そんな話は、しませんでした」

と、原田亜希が、いった。

「この写真を見る限り、利香さんというのは、なかなかの、美人じゃありませんか。ボーイフレンドがいないというのも、おかしい気が、するのですが」

「ええ、利香は、美人だから、学生時代から、よくもてていましたよ。今さっきも申しあげたように、パートのような仕事をしていて、大学の先生や、有名な評論家の先生の仕事を、手伝っていましたから、もしかすると、そのなかのひとりが、好きな男性なのかもしれませんけど、利香は、そういう話をしてくれませんから、よくわからないんですよ」

その後、もうひとりの、青木美佐子にも会ってみたが、同じように、木村利香の行方は、しらなかった。

その日、夜に入って、捜査会議が開かれた。

十津川が、これまでにわかったことを、三上捜査本部長に、説明した。

「この事件の被害者である、首なし死体の身元ですが、まだ判明しておりません」

「何の手がかりもないのかね？」

三上本部長が、不機嫌そうな様子で、十津川の顔を見た。

「着ていた背広や、ワイシャツ、それに履いていた靴など、どれも、上等なものです。それから、司法解剖をした医者の話によると、体つきから考えて、肉体労働をしたことのない、事務系のサラリーマンか、あるいは、学者ではないか？そういう見解が、届いています。年齢は三十歳から五十歳、身長は百七十五センチ前後、体重八十キロ前後、今は、それしか、わかっておりません。それから、この男が、死体で発見されたマンションの住人、木村利香という女性ですが、彼女は、現在行方不明です。年齢三十歳で、この写真のように、なかなかの美人で、S女子大の国文科を卒業したあと、特定の会社には勤務せず、大学の教授や評論家の、秘書のようなことをパートで務《つと》めていて、その人たちの要求する取材をしたり、資料を集めたりしているようですが」

「その木村利香が、秘書をやっていた、大学の教授か、あるいは、評論家のひとりが、この首なし死体の被害者ということに、なるんじゃないのかね？　そう考えるのが、一番自然だと、私は思うがね」

「もちろん、その線も、洗っておりますが、まだ手がかりは、摑めておりません」

三上が、いった。

「木村利香が犯人だということは、考えられないのか？」

「その可能性についても、考えております。司法解剖の結果によると、被害者は、左胸を、ナイフで一突きされており、それが、致命傷になっています。果たして、女性の木村利香が、そこまで深く、ナイフを突き刺すことが、できるかどうか？　また、首を切断できるのか？　それがわからないので、木村利香が犯人であるという説は、今のところ、検討中です」

「今、捜査は、どういう方向で、進めているのかね？」

その三上の質問に対して、十津川は、

「被害者の身元が割れませんので、木村利香の捜査を、重点的におこなっております。彼女は、今も申しあげたように、大学の教授や、あるいは、評論家の手伝いをしていたということなので、彼女が、パートの秘書を務めた大学の教授や、評論家を捜し出して、木村利香のことを、きいてみようと思っています」

3

十津川と亀井が、最初に当たってみたのは、木村利香の母校である、S女子大の久保《くぼ》という五十八歳の教授だった。

「私は、俳句の研究をしていて、去年、一カ月間だけ、木村君に、手伝ってもらったことがあるんですよ」

と、久保教授は、十津川に、いった。

「その時は、主として芭蕉《ばしょう》の研究をしていたので『奥の細道』のルートを、木村君に実際に歩いてもらったり、外国人の書いた日本の俳句の研究書のようなものを、探してくれと頼んで、そうしたものが置かれた図書館にいって、コピーしてもらったりしていました。彼女、なかなか優秀で、あの時は、大いに助かりましたよ」

「彼女は、先生のほかにも、何人かの大学の教授や、評論家の手伝いをしていたと思われるのですが、一番最近、誰の手伝いをしていたか、ご存じありませんか？」

十津川が、きくと、久保教授は、首を小さく横に振って、

「今も申しあげたように、私が、木村君に仕事を手伝ってもらったのは、去年の、それもわずか、一カ月間だけですからね。最近の木村君の仕事については、何も、きいていないんですよ」

「実は、木村利香さんが借りていたマンションで、男が殺されましてね。この男が、木村利香さんと、どういう関係があるかが、今のところわからないうえに、その木村利香さんが、現在行方不明に、なっていましてね。それで、木村利香さんを捜しているのですが、この写真を、見ていただけませんか？」

十津川は、そういって、首なし死体の写真を、久保教授に見せた。

久保教授が、その写真を見ても、さして驚いた様子がなかったのは、今度の事件のことが、すでに、新聞やテレビで、大きく報道されていたからだろう。

「この首なし死体なんですが、身長百七十五センチ前後、やや太り気味で、肉体労働をしたことのないような、体つきをしているのですが、この男に、何か心当たりはありませんか？」

「残念ながら、お役に立てませんね。私の周囲で、最近行方がわからないとか、あるいは、死んだとかいう男のことは、きいていませんから」

と、久保教授が、いう。

「木村利香さんは、どういう女性ですか？」

「今申しあげたように、頭がきれて、行動力のある女性ですよ。一カ月間、彼女に、仕事を手伝ってもらったのですが、とにかく、優秀な秘書であり、マネージメントの能力にも、優れた女性でしたね」

「木村利香さんは今、三十歳ですが、結婚を考えている相手がいるとか、あるいは、恋人がいるとか、そういう話を、先生にしませんでしたか？」

十津川がきくと、久保教授は微笑して、

「確かに、木村君は、美人だし、年頃ですからね。一カ月間、私のところで、働いてもらっている間、食事の時に、それとなくきいてみたことも、ありましたが、木村君は、自分の男性関係のことは、ほとんど、何も喋らないんですよ。でも、あれだけの美人ですから、恋人ぐらいは、間違いなくいるだろう、と思ってはいましたけどね」

4

次に、十津川と亀井が、訪ねていったのは、三沢仲子《みさわのぶこ》という、五十歳の作家だった。

この作家とは、等々力《とどろき》にある、彼女の自宅で会った。

「去年の、夏頃でしたけど、壬申《じんしん》の乱《らん》を書くので、木村さんにいろいろと、手伝ってもらったんですよ。木村さんは、私の出たS女子大の後輩でしてね。木村さん自身、国文科の出身で、壬申の乱や、額田王《ぬかたのおおきみ》に興味を持っているときいたので、仕事を手伝ってもらうことにしたんです。資料集めもやってもらったし、奈《な》良《ら》に、取材にもいってもらいました。木村さんは、大変優秀な女性でしたし、仕事もきちんと、こなしてくれましたから、大変助かりましたよ」

三沢仲子は、十津川に、いった。

「つまり、とても有能な女性だということですね？」

「ええ、お世辞ではなく、木村さんのおかげで、いい小説が書けたと、今でも感謝しているんです」

「今年になってから、木村利香さんに、お会いになったことが、ありますか？」

「今年のお正月に、年賀に、見えたんですよ。確か、お正月の、三日でしたかしら」

「その時、木村利香さんとは、どんな話をされたんですか？」

「さて、どんな話をしたかしらね」

三沢伸子は、ちょっと、考えてから、

「ああ、そうだ。木村さんは、頭もいいし、文章もうまいから、将来は作家になったらいいわと、いったのを思い出しました」

「そうしたら、木村利香さんは、何と、いっていましたか？」

「笑っていましたけど、作家は嫌いだとは、いっていなかったから、半分くらいは、そんな気持ちに、なったんじゃないかしら？　私は、そんなふうに受け取りましたけどね」

「木村利香さんは、行方不明になってしまっているのですが、三沢さんは、彼女の行き先について、何か、心当たりはありませんか？」

十津川が、きくと、三沢伸子は、首をかしげて、

「本当に、行方不明なんですか？」

「そうです。木村さんは中目黒のマンションで、ひとり暮らしをしているんですが、郵便ボックスの配達物などから考えると、もう一週間以上も、帰っていないんですよ。木村さんが絡んでいると思われる、殺人事件が起きているので、われわれとしても、一日も早く、木村さんに会って、話をききたいんですけどね。それができなくて、困っているんですよ」

「木村さんが、殺人事件に絡んでいるって、本当なんですか？」

「新聞やテレビでも、大きく報道されているので、三沢さんも、すでに、ご存じかと思いますが、木村さんの借りていた、中目黒のマンションで、男の人が、首を切られて死んでいたんですよ」

「ああ、あの事件ですか。あれなら、私もしっていますわ。じゃあ、警察は、木村さんが犯人だと考えて、それで、彼女の行方を追っているんですか？」

「いや、そんなふうには、思っていません。むしろ、木村さんは被害者で、今回の殺人事件に巻きこまれて、それで今、失踪しているんじゃないのか？　われわれは、そんなふうに、考えて心配しているんですよ。それで、何とか、一日も早く、木村さんを見つけ出したいのですが。何かわかったら、すぐ、警察にしらせてください」

十津川は、三沢伸子に、自分の携帯電話の番号を教えてから、捜査本部に戻った。

5

捜査は、一向に進展しなかった。

首なし死体の身元は、依然として、判明しなかったし、失踪した木村利香の行方も、摑むことができずにいた。

少しずつ、重苦しい空気が、捜査本部に漂《ただよ》い始めている。

そんな時、亀井が、じっと、黒板を睨むように見ているのに、十津川は気づいて、

「カメさん、何をそんなに熱心に、黒板を見つめているんだ?」

「犯人のメッセージを、見ているんです」

「しかし、いくら睨んでも、あのメッセージから犯人像は、浮かんでこないんじゃないのか?」

「確かに、そうかもしれませんが、どうにも最後の、正義之国王という署名と、

その下に押してある印鑑が、私には、引っかかるんですよ」

と、亀井が、いった。

「確かに、嫌味なサインだが、それがどうしたのかね？」

「ひょっとして、正義之国王という署名と、その下に、押してある印鑑とは、文字が違うんじゃありませんか？」

「署名と、印鑑が違うって、それは、どういうことだ？　あの印鑑だって、読みにくいが、国王とあるじゃないか？」

「確かに、そうなんですが、何となく、今まで、見すごしてしまっていたことが、あるんですよ。全体の署名と、印鑑の文字をよく見てみると、明らかに、違っていますよ」

と、亀井が、いった。

「本当に、違っているのか？」

十津川も、目を凝らして、犯人の残したメッセージを、見つめた。

「署名は、正義之国王となっていますが、印鑑のほうは、そうなっていませんよ。あの印鑑は、まったく別の、印鑑なんじゃありませんか？　あの印鑑は、前に、どこかで見たことが、あるような気がするのですが」

亀井は、そういって、しばらく考えこんでいたが、

「思い出しました。あの印鑑は、例の九州《きゅうしゅう》の、志賀島《しかのしま》で発見されたという金印《きんいん》ですよ。間違いありません。漢委奴国王《かんのわのなのこくおう》という有名な、金印ですよ」

亀井が、きっぱりと、いった。

その言葉をきいて、十津川の表情も変わった。

「確かに、カメさんのいうとおりだ。あれは、よく、歴史の本に出てくる金印に、間違いないな。どうして今まで、それに、気がつかなかったんだろう？」

「署名のほうも、国王に、なっていますからね。それで、署名の下に印鑑が、押してあるから、まさか別の印鑑だとは思わなかったんですよ。しかし、間違いなく、印鑑のほうは、一七〇〇年代に志賀島で発見されたという金印ですよ」

亀井は、強い口調で、いった。

6

犯人からのメッセージが書かれた紙は、黒板から剝がされて、机の上に置かれ、それを、十津川をはじめとして、刑事たち全員が、覗きこんだ。

確かに、違っている。署名のほうは、正義之国王で、印鑑のほうは、漢委奴国王となっている。

犯人は、どうして、署名と違った印鑑を押したのだろうか？

正義之国王と署名したあと、適当な印鑑がなかったので、たまたま持っていた有名な金印を押したのだろうか？

それとも、何か特別な理由があって、わざと、違った印鑑、それも、有名な金印を押したのだろうか？

「この金印ですが、もちろん本物ではなくて、レプリカなんでしょうが、これって、どこかで、売っているんでしょうかね？」

西本刑事が、きいた。

「まず、それを調べてみようじゃないか」

と、十津川が、いった。

電話で、福岡《ふくおか》市役所に問い合わせてみると、国宝に指定された、実際の金印は、福岡市内の市立博物館に、展示されているという。

「お土産用に、レプリカは、こちらで売っております」

「それは、実物とまったく同じ大きさに、作られているんですか？」

「ええ、高さ二・二センチ、一辺の長さ二・三センチ。金属製の、実物そっくりの印鑑を売っています。お土産として、買って帰る人も多いですよ」

と、市役所の担当者が、教えてくれた。

「すぐ福岡にいってみよう。何か、事件解決の手がかりが、摑めるかもしれない」

十津川は、亀井に、いった。

二人は、羽田《はねだ》から飛行機に乗り、福岡空港に向かった。

福岡空港からは、まっすぐ、福岡市内の市立博物館に向かった。

真新しい、大きな博物館である。

その博物館の二階に、ガラスケースに入れられて、問題の金印は、展示されていた。そして、その近くの売店で、金属製のレプリカや、金印が発見された当時のことを書いた、パンフレットも売っていた。

レプリカは、金属製のものとゴム製のものとがあった。

十津川は、金属製のレプリカを買い、紙に押して、コピーして持参した、例の犯人のメッセージに押された印鑑と、比べてみることにした。

「やっぱり、まったく同じものですよ」

と、亀井が、いう。

「たぶん、犯人はここにきて、レプリカの印鑑を買い求め、メッセージの下に、それを押したんですよ」

「犯人は、メッセージを書いたあと、正義之国王と署名している。そのとおりの印鑑だって、作ろうと思えば、簡単に、作れるんじゃないかな。それなのに、犯人は、そうした印鑑を作らずに、ここで買った、金印のレプリカを使って、署名の下に、押しているんだ。たまたま、手元に、金印があったから、それを押したというのではなくて、金印を使ったのには、何か、それなりの、意味があるように思えて仕方がない」

十津川が、いうと、

「私も同感ですね」

と、亀井も、うなずく。

十津川は、金印の由来を書いた、説明板に、目をやった。

——一七八四年、天明《てんめい》四年、福岡市志賀島の水田の石の下から、漢委奴国王と刻まれた金印が発見された。その金印は、西暦五七年、後漢《ごかん》の光武帝《こうぶてい》が、倭《わ》の奴《なの》国《くに》の国王に、与えたものといわれ、邪馬台国《やまたいこく》時代の大陸との関係や、歴史ロマンが秘められている。

「ここまできたのだから、金印が発見された志賀島に、いってみよう」

十津川が、誘った。

十津川と亀井は、志賀島の地図を、買い求め、それを持って、タクシーに乗り、志賀島に向かった。

志賀島は、金印で有名になったが、小さな島で、人口は、二千三百人という。二人を乗せたタクシーは、よく整備された道路を、海に向かって走っていく。

細く延びた岬と、その先に、水滴のような志賀島がある。左手には、松林の向こうに、公園が広がり、右手には、線路が続いている。香椎《かしい》線（海《うみ》の中道《なかみち》線）だが、最後まで、列車は見えなかった。

海が見えてくると、その先は、有名な海の中道になっていた。昔は、干潮になると、志賀島まで、人が歩けるようになっていたらしいが、今は、ちゃんとした橋が、架《か》かっていた。

それでも、今日は、風があるので、細い海の中道は、海水のしぶきがかかってくる。

その細い道を、車は、志賀島に向かって走っていく。島を、ぐるりと回る道路がついている。タクシーは、その道路を、海沿いに走っていく。

民宿の看板が、かかっていたり、漁協直営の食事処が、あったりする。

問題の金印公園に着いたので、二人は、そこで車を降りた。

十津川は、有名な金印が、発見された場所に作られた記念公園なので、さぞや立派で、土産物店が、何軒も出ていたり、あるいは、たくさんの説明板が、あったりすると思っていたのだが、そういうものは、何もなかった。

第一、周囲には、まったく観光客の姿がない。十津川と亀井の二人だけだった。

道路から、すぐのところに、二十段くらいの石段があった。どうやら、その石段の上が、金印公園らしい。

十津川たちは、石段をあがっていった。確かに、そこが、金印公園だったが、そこにも何もない。ただ、金印を何倍かに拡大した、記念碑らしいものが、ぽつんと、立っているだけである。

「これだけですかね？」

亀井が、びっくりしたような顔で、周囲を見回していた。

「どうやら、この石の、モニュメント一つだけしか、ないみたいだね」

十津川も、いった。

土産物店もない。人もいない。

ただ、二十段の石段を、あがってきたので、眺めはいい。

目の前に、博多《はかた》湾が広がっている。

「少しばかり、拍子抜けしましたね。ここにくれば、土産物店が、何軒も並んでいて、金印せんべいとか、金印饅頭《まんじゅう》を、売っているんじゃないかと思っていたんですけど、何もありませんね」

亀井が、笑った。

「確かに、拍子抜けしたが、しかし、清々《すがすが》しくて、かえって、いいじゃないか？あの金印は、国宝になっているが、そのことに、寄りかかろうとしていないんだから、気持ちがいいよ」

「事件の犯人ですが、彼も、この金印公園にきたんでしょうか？」

「おそらく、きているだろう。犯人は、あの博物館にいって、展示されている、本物の金印を見たり、レプリカを買ったりしているんだ。当然、この志賀島にも、きているはずだよ」

十津川は、確信を持って、いった。

ただ、問題なのは、そのことと、殺人とが、どう、繋がっているかということである。

「そうなると、殺された首なし死体ですが、殺された男も、国宝の金印と、何か関係があるんでしょうか?」

「たぶん、あるんだろう。私は、そんな気がしている」

十津川は、いった。

犯人も、この志賀島に、きているだろうし、あるいは、殺された被害者も、同じように、この志賀島に、きているかもしれない。

十津川は、ポケットから、犯人のメッセージが書かれた紙のコピーを取り出した。

風に逆《さか》らって、紙片を広げて、じっと見つめる。

「歴史を正しく見ようとしない者には、生きている価値がない、か。ここに、歴史と書いてあるのは、つまり、西暦五七年に、後漢の光武帝が、奴国の使いに渡した、問題の金印のことを、指しているんだろうな」

「そうでしょうね。犯人がいいたいのは、この殺人には、歴史が絡んでいる。この志賀島で発見された金印が絡んでいる。そういうことでしょうか？」

「おそらく、そうだろう。犯人にとって、メッセージも大事だろうが、印鑑も、大事なんじゃないかと思うね。だから、わざと、署名とは違った金印の、レプリカを買っていって、押したんだ。そうとしか、私には考えられない」

と、十津川が、いった。

「国宝の金印が、絡んだ殺人ですか？　しかし、そのことに、どんな意味が、あるんでしょうか？　それが、わかりませんね」

亀井が、難しい顔で、いった。

「その点は、私にも、どう解釈したらいいのか、わからない」

「本物の国宝の金印は、福岡市の市立博物館のガラスケースのなかに、展示されています。国宝だから、もし、あれが、盗まれて、売りに出されたら、とてつもない金額が、払われるんじゃないですか？」

「しかし、問題の金印は、あのガラスケースのなかだ」

「レプリカのほうは、本物そっくりですが、一万円もしませんからね。そのレプリカが、殺人事件まで、引き起こすとは、どうにも考えられません」

「今、カメさんがいったように、本物の金印が、盗まれているとして、それが売りに出されていたら、確かに、殺人事件のきっかけにはなってくるね」

「警部は、まさか、博物館に展示されていた金印は、偽物とすり替えられている。そんなことを、考えていらっしゃるんじゃないでしょうね？」

「実は、一瞬考えたよ。しかし、本物の金印は、ああしてちゃんと、市立博物館にあったし、レプリカでは、殺人の引き金にはならない」

十津川が、笑ったとき、十津川の携帯電話が鳴った。

ボタンを押して、耳に当てると、

「西本です」

という声が、きこえた。

「また殺人事件が、起きました」

「東京のどこだ？」

「今度は、東京ではありません。京都《きょうと》で起きたんです。今、京都府警から、こちらに、連絡がありました」

「とすると、同じような事件か？」

「ええ、そうらしいです。男の死体が発見されて、その首が、切られていたそうですから、こちらの事件とよく似た事件だと思います。犯人のメッセージも残されていたそうです」

「どんなメッセージなんだ？」

「ええ。京都府警の話では、メッセージを書いた紙が、死体のそばの大木の幹に、釘で、打ちつけてあったそうです」

「メッセージの文言は？」

「こちらと、まったく同じです。それに、署名もまったく同じ、正義之国王です」

「それで、印鑑のほうは、どうだったんだ？」

「京都府警でも、われわれと同じように、署名と印鑑との違いに、気がつかなかったそうですが、こちらから、その点を指摘しましたら、確かに、押されている印鑑のほうは、漢委奴国王という、例の金印と同じものだそうです」

「わかった。亀井刑事と一緒に、京都府警に、寄っていくことにする」

と、十津川は、いった。

「今度は、京都ですか？」

亀井が、十津川に、きく。

風が、前より強くなって、目の前の海には、白い波頭が、立つようになってきていた。

「それで、今回もやはり、首なしの死体ですか？」

亀井の声が、少しばかり、暗いものになった。

「男の死体で、首がない。また、同じように、正義之国王と名乗る犯人からのメッセージが、残っていた」

「金印のほうは、どうなんですか？」

「それも同じだよ。漢委奴国王の印鑑が、押されていたそうだ。東京に帰る前に、京都府警に、寄っていくことにする」

と、十津川は、いった。

十津川は、待たせておいたタクシーで、福岡市街に戻ると、今度は、新幹線で、京都に向かうことにした。

京都駅には、京都府警の篠原という警部が、迎えにきてくれていた。

「こちらで起きた、殺人事件について、詳しく話していただけませんか？」

十津川がいうと、篠原警部は、二人を、駅の構内のレストランに連れていき、軽い食事をしながら、事件の概要を、説明してくれた。

「鞍馬《くらま》の森のなかで、背広姿の男が、殺されているのが、発見されました。東京で起きた殺人事件と同じように、首が切られていて、男の死体が、寄りかかっていた大木の幹に、メッセージが書かれた紙が、釘で、打ちつけてあったんです。これが、そのメッセージのコピーです」

篠原警部はそういって、ポケットから、一枚の紙片を取り出して、十津川たちの前に、置いた。

十津川も、ポケットから、東京で発見されたメッセージのコピーを取り出して、そこに並べてみた。

まったく同じ大きさ、同じ質の紙のようである。

そして、メッセージの文言も、まったく同じだった。

「まったく同じですね」

篠原警部が、そういってから、コーヒーを口に運んだ。

十津川はさらに、福岡の市立博物館で買ってきた、金印のレプリカを取り出して、そこに押してみた。

「これも、まったく同じですね」

「十津川さんは、福岡の、志賀島にいってこられたみたいですね？」

「ええ、いってきましたよ。国宝の金印は、福岡市内の、博物館に展示されていましたが、そこの売店で買ったのが、このレプリカです。おそらく、犯人はこれを、私と同じように、福岡で手に入れ、メッセージの下に押したんですよ」

「ずいぶん小さなものなんですね。私は、もっと大きくて、立派なものかと、思っていたんですが」

と、篠原警部が、いう。

「誰もが、あなたと同じように、金印の小ささに、びっくりするようですよ。しかし、小さいけど、この金印は、東京と京都で、二人の男を、殺す動機になっているのかも、しれません」

「こちらで殺された首なし死体ですが、身元は、まだ、まったくわからないのですか？」

亀井が、篠原警部に、きいた。

「残念ながら、まだ、まったくわかっておりません。被害者の着ていた背広もワイシャツも、それから、履いていた靴も、いずれも、かなり高価なものなんですが、背広には、ネームが、刺繍《ししゅう》されていなかったので、被害者の名前もわかりません」

篠原警部は、悔しそうに、いった。

「それから、死体には、ほかに傷はありませんでしたか？」

「これも、東京と同じなんですが、こちらの被害者も、胸を刺されていて、それが致命傷になったようなんです。犯人は、胸を刺して殺しておいてから、ゆっくりと、首を切り落としたのだろうと、思われます」

「しかし、どちらも、犯人の動機がわかりませんね」

といったのは、亀井刑事だった。

第二章　三人目の犠牲者

1

三月十四日になって、東京の、首なし死体の身元が、やっと判明した。

名前は、浅井直也《あさいなおや》、五十二歳。京都のK大の助教授で、専門は日本古代史である。

妻の悦子《えつこ》からは、三月二日に、夫、直也の捜索願が、出されていた。

それにもかかわらず、死体の身元がなかなかわからなかったのは、浅井直也が京都の生まれで、京都のK大の助教授だったこともあり、京都の人間の死体が、まさか、東京の三十歳の女性、木村利香のマンションの部屋から、発見されることはないだろうという推測が、十津川たちの間にあったからである。

その木村利香は、依然として行方不明のままだった。

浅井悦子は、死体の確認のために、三月十四日の夕方、新幹線で、東京に向かった。

浅井悦子が、首なし死体を、夫の浅井直也に間違いないと、主張した論拠は、いくつかあった。

まず、着ている背広が、三月一日に、行方不明になった時と、同じものであること。

次に、左腕の上膊部《じょうはくぶ》に、十円玉大の、かなり目立つ痣があること。

この二点だった。

十津川は、浅井悦子に、話をきくことにした。

「ご主人の浅井さんは、三月一日に、行方不明になったそうですが、その日のことを、詳しく、話してくださいませんか？」

と、まず、十津川が、いった。

「その日、休みをとっていて、主人は、昼近くまで寝ていたんですが、午後一時近くに電話があり、その電話に出たあと、急に、人に会わなければならなくなったので、ちょっと出かけてくる。夕方までには帰れると思う。そういって、外出の支度をして、出ていったんですが、夕方になっても、帰ってきませんでした。心配になって、いろいろと、心当たりに電話をかけてみたんですけど、主人は、いっていませんでした。そのまま、三月二日になってしまったので、心配して、警察に、捜索願を出したんです」

浅井悦子が、いった。

「三月一日に、ご主人に、電話をかけてきた相手ですが、誰だか、わかりますか？」

「それが、まったく、わからないんです。家の電話ではなくて、主人の携帯に、かかってきましたし、その携帯は、主人が、持って外出してしまいましたから」

「ご主人は、誰々に会いにいくとは、おっしゃらなかったんですか？」

「ええ、いいませんでした。でも、仕事のことでと、いいましたから、たぶん、主人が現在、大学で研究している古代史に、絡んだことだとは思っていました」

「古代史というと、ご主人は、具体的に、どんな研究をされていたんでしょうか？」

十津川がきくと、浅井悦子は、ハンドバッグのなかから、一冊の本を取り出して、十津川の前に置いた。

「これが、一番最近、主人が書いた本なんです。読んでいただければ、主人がどんな研究をしていたのか、おわかりいただけると思います」

「外出なさった時の、ご主人の様子ですが、嬉しそうでしたか、それとも、暗い表情をしておられましたか？」

「どちらかといえば、暗い表情に見えましたわ。たぶん、主人が一番最近に書いたその本について、批判的な人からの電話だったんじゃなかったかと、思うんです」

「それでも、ご主人は、出かけたんですね？　ご主人というのは、そういう方ですか？」

「ええ、どんな意見でも参考になる。それに、論争は望むところというのが、口癖でしたから」

「ご主人から、木村利香という名前を、きいたことがありますか？」

「いいえ」

「ご主人は、仕事上のことで、時々、東京に出かけることが、ありましたか？」

「主人は、日本古代史研究会というグループに、入っていまして、その会員のなかには、東京の方も、何人か、いらっしゃいますから、その人たちに会いに、年に、二、三回は、東京に出かけておりました」

「三月一日の時は、東京にいくとは、おっしゃらなかったんですか？」

「ええ、夕方までには戻ると申していましたから、おそらく、京都で、誰かに、会うつもりだったんだと思いますわ。東京に出かけるとなると、一応、東京で、一泊ということになりますから、そのための準備を、しなくてはなりませんし。そういうことは、主人は、何も、いっておりませんでした」

「しかし、ご主人は、東京の中目黒のマンションの一室で、死体で発見されたんです」

「そのマンションというのが、さっきおっしゃった木村利香さんという、女性のマンションなんでしょう？　でも、私は、その方の名前を、主人の口からは、一度も、きいたことがありません」

浅井悦子は、きっぱりと、いった。

「ご主人が入っていた、日本古代史研究会というのは、どこにあるんですか？」

「京都に本部があって、東京にも九州にも、支部があると、主人から、きいていました」

2

翌日、浅井悦子は、夫の遺体を引き取って、京都に、帰っていった。

十津川は、亀井と二人、新幹線でその京都に向かった。

京都では、前に会った京都府警捜査一課の篠原警部に再会した。

「鞍馬で発見された、首なし死体は、まだ残念ながら、身元がわからず困っています」

篠原警部が、肩をすくめるようにして、いった。

「東京の、同じ首なし死体の身元ですが、今回、京都のK大で、日本の古代史を研究し、教えている、助教授の浅井直也さんだと、わかりました」

「そうだそうですね」

「それで、ひょっとすると、京都で殺された男性は、逆に、東京の人間ではないかと、そう思ったので、最近、東京都内で捜索願が出ている人の名前を、リストアップして持ってきました。家出人の捜索願が出ているのは、三件だけで、そのうちの一件は、女性ですから、除外するとして、残りの二件については、顔写真と体の特徴などを書いた、メモを持ってきました。この二人のうちのどちらかが、鞍馬で発見された死体に近いときは、教えていただけませんか？」

十津川が、いい、篠原警部は、鞍馬の森のなかで発見された、死体についての記録を、取り寄せて、つき合わせた。

「こちらで発見された死体ですが、身長は百六十五、六センチですから、今の男性の平均よりも、低いと思います。年齢は、おそらく三十歳から五十歳の間でしょう。体重のほうは、六十キロ前後だと、思われます。それから、着ていた背広などのメモが、ここにありますが、似ているとなると、今、十津川さんが見せてくれた、こちらの男に、似ていますね」

そういって、篠原警部は、一枚の写真を、手に取った。

その写真の裏側に、書かれていたのは、稲川友之《いながわともゆき》という名前と、年齢四十歳、身長百六十五センチ、体重六十三キロといった特徴だった。

「東京の世田谷《せたがや》に住む、サラリーマンですが、東京で亡くなった、浅井直也と同じく、日本古代史研究会の会員です」

「これだけでは、鞍馬で発見された死体が、この写真の、稲川友之かどうかは、わかりませんが、この人に、妻子はいないんですか？　もし、妻子がいるのなら、すぐに、こちらにきてもらいたいと、思うのですが」

「奥さんは、五年前に亡くなって、現在は独身のようです。家出人捜索願を出したのは、この稲川友之と、同じ会社に勤めている同僚で、この友人の話によると、三月三日、ひな祭りの日に会社を無断欠勤し、その後、ずっと欠勤が続いていた。自宅マンションにも、帰ってきていないので、心配して、家出人の捜索願を出したというのです」

「その友人の名前は、わかりますか？」

「水木克男《みずきかつお》というのですが、京都で見つかった死体が、友人の稲川かもしれないなら、すぐ、京都にいってもいい。そういっていましたから、きてもらいましょう」

十津川は、携帯電話で、その水木克男にかけた。

十津川が、話をすると、水木克男は、今日中に京都にいくという返事だった。

「十津川さんがいわれた、稲川友之というサラリーマンですが、アマチュアの、古代史研究家ということに、なりそうですね」

「かなり熱心な、アマチュアの研究家で、何でも、本を、二冊出しているそうですよ」

その日の夜になって、水木克男が、自分ひとりでは、自信がないといって、同じ職場の同僚二人を連れ、三人で、京都にやってきた。

最初のうち、三人は、首なしの死体写真を見せられ、服装などの特徴を、きかされても自信がなさそうだったが、そのうちのひとりが、

「稲川は、一カ月前に、脚の手術をしているんです。右膝に軟骨ができてしまって、痛くてたまらないというので、手術をしたんですよ。軟骨を取り除いて、軽く歩けるようになった。そういって、喜んでいました。つい一カ月前ですから、その手術の跡《あと》が、残っていると思うのです」

「右膝の手術の跡なら、ちゃんとありますよ」

篠原警部が、嬉しそうに、うなずいた。

その後は、急に、話が活発になって、一つ一つ、問題の死体が、稲川友之であることが、証明されていった。

「稲川は、身長の割に、首回りが、太いんですよ。ぴったりと合うワイシャツが、なかなかなくて、背広は、既製服ですむのに、ワイシャツだけは、仕方なく、注文にしていると、話をしていたことを、覚えています。確か、首回りが四十三センチ、腕の長さが七十六センチという、そういうワイシャツなんです」

「それも合っていますね。確かに、着ているワイシャツは、首回りが、四十三センチで、腕の長さが、七十六センチですよ」

これにもすぐ、篠原警部が、うなずいた。

どうやら、鞍馬で、発見された首なし死体は、東京の世田谷に住むサラリーマン、稲川友之であると、断定してもよさそうだった。

「それでは、稲川友之さんについて、話してもらえませんか？」

篠原警部が、水木克男たち三人に向かって、うながした。

「僕は、彼と同じ大学の出身なんですが」

と、口を切ったのは、水木克男だった。

「二人とも、経済が専攻でしたが、稲川は学生時代から、日本の古代史に興味を持っていましたね。サラリーマンになってからも、その方面の、研究会の会員になっていて、時々、京都や九州の会合にも、出ていましたよ」

「本を二冊出版されていると、きいたんですが」

「ええ、専門家ではないが、アマチュアらしく、なかなか面白い考え方をしていて、それを本にしたんです」

水木克男は、鞄から本を一冊取り出して、篠原警部に渡した。

本の題名は「わかりやすい古代史」というもので、副題は「卑弥呼《ひみこ》の謎を解く」と、あった。

「稲川友之さんは、奥さんが亡くなって、独身だときいたのですが、恋人と呼べるような人は、いなかったのですか？」

篠原警部が、きいた。

「以前に一度、女性を、紹介されたことがありましたが、恋人という感じでは、なかったですね」

と、友人のひとりが、いう。

「どういう女性なんですか？」

「稲川は、古代史研究会に入っていたんですが、その研究仲間ということで、彼女を紹介されたことがあるんですよ。古代史の研究のために、一緒に旅行したりすることも、あるんだそうです。研究仲間という感じで、恋人という感じでは、ありませんでしたね」

「その人の名前は、わかりませんか？」

「確か、名前は、小山多恵子《こやまたえこ》さん、といったんじゃなかったかな」

水木克男が、あまり、自信のないような様子でいうと、もうひとりの友人が、

「ええ、小山多恵子さんで、間違いないと思いますよ。彼女、確か、東京都内で、中学校の先生をやっているはずです。中学で歴史を教えているので、稲川と気があったんじゃありませんかね。この小山多恵子さんも独身で、三十代の後半じゃなかったかな。一度しか会ったことがありませんが、僕の印象では、地味な感じの女性でした」

「彼女の携帯電話の番号が、わかればいいのですが」

十津川が、きくと、三人は、顔を見合わせてから、

「わかりませんね。何しろ、稲川のマンションに遊びにいった時に、たまたま、彼女も遊びにきていて、紹介されただけですから。その後、彼女には、一度も、会ったことがないんですよ」

水木克男たちのいう小山多恵子という女性を、当然、十津川も、京都府警の篠原警部も、問題にした。

「鞍馬の森のなかで、殺されていた稲川友之さんも、日本古代史研究会の会員だったわけですから、小山多恵子という女性も、同じく、日本古代史研究会の会員かもしれませんね」

篠原警部が、いった。

それに、十津川も同意した。

日本古代史研究会の本部は、京都にある。そこにいって、調べてみれば、小山多恵子という女性が、会員かどうかわかるだろう。

そう考え、十津川と亀井は、府警の篠原警部と一緒に、京都御所の近くにある、日本古代史研究会の本部を、訪ねてみることにした。

京都府警のパトカーで、三人は、そこに向かった。

京都御所近くのビルのなかに、本部があった。

三人は、小野寺《おのでら》という、事務局長に会って、話をきくことにした。

小野寺は、すぐ、日本古代史研究会の会員名簿を取り出して、見せてくれた。

「小山多恵子さんという女性ですが、確かに、うちの会員になっています。東京支部の、会員ですね」

名簿には、東京の住所も、電話番号も、載っている。すかさず、亀井が、廊下に出て、その電話番号に、かけてみることにした。

亀井は、十津川たちのところに戻ると、小声で、

「電話をかけましたが、相手は出ませんね。二回かけてみましたが、どうやら、留守らしいですよ。学校に出ているのかもしれませんね」

「小山多恵子という会員ですが、どんな実績のある会員なんですか？」

十津川が、小野寺に、きいた。

「そうですね。以前から『魏志倭人伝《ぎしわじんでん》』に出てくる邪馬台国が、日本のどこにあったのか？　九州なのか、大和《やまと》なのかということで、大きな論争になっています」

と、小野寺が、いう。

「ああ、しっていますよ」

「その問題について、小山多恵子さんは、稲川友之さんと共同で、本を書いているんですよ。なかなか、評判のよかった本で、私も読んで、感心したものです」

「この二人は、どちらだったんですか？」

興味を覚えて、亀井が、きいた。

「大和説です。東京で亡くなった、浅井さんも、同じです」

「大和説も、多くの人が主張したと思うんですが、小野寺さんが、小山さんたちの説を、特に面白いと思ったのは、どんな点だったんですか？」

今度は、篠原警部が、きいた。

「確かに、大和説を、唱《とな》える人は、たくさんいました。そのなかで、こういう説を唱える人がいたんですよ。『魏志倭人伝』にある、水行十日とか、陸行一月といった記述を、現代の日本の地図に、当てはめて考えるから、わからなくなるのだ。『魏志倭人伝』が書かれた頃は、完全な、日本の地図も朝鮮の地図も、また中国の地図も、なかったんじゃないのか？　今から千七百年以上も前のことですからね。当時の地図によって、陸行一月とか、水行十日といった数字を、見なければならない。同じ説を唱える人は、もちろん何人もいたんですが、小山多恵子さんの場合は、女性ながら、実行力がありましてね。稲川友之さんと二人で、古地図を求めて、韓国から中国にかけて、あちこち歩き回ったんです。途中で、稲川さんのほうが、体を悪くして、日本に先に、帰ってしまったんですが、その後も、小山多恵子さんだけ、ひとり残って、探し歩きましてね。何枚かの古地図を、持ち帰って、それを根拠にして、稲川さんと共著で『邪馬台国の謎　古地図から見た邪馬台国』という本を出しているんです」

「その本が、ここにあったら、見せてもらえませんか？」

十津川が、頼むと、小野寺は、

「確か、一冊しか残っていないので、あとで、返していただけるのであれば、お貸ししますよ」

十津川は、その本を借り、小野寺に礼をいってから、いったん、京都市内の日本旅館に、泊まることにした。

稲川友之の友人三人は、遺体を荼毘《だび》に付してから、遺骨を、東京に持ち帰るといった。

十津川は、旅館で夕食を取ったあと、借りてきた本「邪馬台国の謎　古地図から見た邪馬台国」に、目を通した。

そんな十津川の様子を見て、亀井が、

「ずいぶん面白そうですね」

「ああ、なかなか面白いよ。小山多恵子が苦労して、韓国や中国で集めてきた古地図が、五枚載っているんだが、どの地図も、これが日本かと首をかしげるようなな、今のわれわれが見たら、おかしな格好なんだ」

「そうでしょうね。日本で、地図らしい地図ができたのは、伊能忠敬《いのうただたか》の頃ですから、今からせいぜい、二百年くらい前のことですね」

「『魏志倭人伝』は、何しろ、今から千七百年以上も前の記述だからね。当時は、測量の機器だって、なかっただろうから、今の地図を見ると、日本という国は、東西に延びているが、この古い地図を見てみると、南北に延びていたりするんだよ。九州が、地図の上、つまり、北にある」

「当時の感覚で、日本の地図が、九州が北で、大和が南だとすると、神武《じんむ》天皇の東征《とうせい》も、南にいく感覚で、九州から大和に向かったのかもしれませんね」

「そんな感覚が、あったのかもしれないな。小山多恵子も、稲川友之も、そういう感覚を問題にして、この本を書いているんだ」

「その結果、小山多恵子と稲川友之は、邪馬台国が、九州ではなくて、大和にあったという説を、唱えているんですか？」

「ああ、そうらしい」

十津川は、いったん本を閉じてから、東京の捜査本部に、電話をかけた。そこにいる西本刑事に、

「明日になったら、小山多恵子という女性について、調べてくれ。住所は、練馬《ねりま》区上石神井《かみしゃくじい》のコーポ石神井というマンションの、三〇八号室だ」

と、伝えた。

3

翌朝、少し遅めの、朝食を取っていると、京都府警の篠原警部から、電話が入った。

いきなり、

「もうご存じですか?」

と、きく。

「何がですか?」

十津川が、きき返す。

「今朝、また、同じような殺人事件が、起きたんですよ」

「同じような事件というと、首なし死体ですか?」

「そうです。今度の被害者は、女性です。ひょっとすると、小山多恵子かもしれません」

「場所は、どこですか? 京都で起きたんですか?」

「今度は、九州です。死体は、今から三時間ほど前に、福岡の太宰府《だざいふ》の近くで、発見されたそうです」

「前の二件と同じように、今度も、犯人からのメッセージが、添えられていたわけですか？」

「その点は、まだわかりません。現在、わかっているのは、太宰府近くで、女性の首なし死体が、発見された。それだけです」

篠原警部が、興奮した口調で、いった。

電話を切ってから、十津川は、亀井に向かって、

「どうやら、犯人は、日本中で、事件を起こす気らしい」

と、いった時、今度は、東京の西本刑事から電話が入った。

「今から五分前に、福岡県警から、電話が入りました」

「太宰府の近くで、今度は、女性の首なし死体が発見された。そういうしらせじゃないのか？」

「そのとおりです。年齢は、三十歳から四十歳くらい、身長は、百六十センチ前後、体重は、五十四、五キロではないかということですが、身元は、まだわかっていないそうです」

「その被害者は、ひょっとすると、昨夜、私が話した、小山多恵子という、女性

かもしれないんだ。彼女の住所にいって、詳しく調べておいてくれ」

十津川が、いった。

「警部は、これから、どうなさるんですか？」

「もちろん、これからカメさんと一緒に、福岡へいくよ。福岡県警に、現場をそのまま、保存しておくように、頼んでおいてくれ」

と、十津川が、答えた。

十津川は、日本古代史研究会に、借りていた本を返したあと、亀井と二人、京都駅から新幹線で、福岡に向かった。

博多駅には、県警の加藤という警部が、迎えにきてくれていた。

県警が用意した車に、二人は乗りこんだ。現場に着くまでの間に、加藤警部が、事件の説明をしてくれた。

「今朝の午前六時頃、太宰府郊外の高台で、死体が発見されました。乗り捨てられたワンボックスカーのなかで、発見されたのですが、車は、盗難車でした。発見したのは、近くに住む老人で、散歩の途中で車を発見して、なかを覗きこんだら、首なしの死体があったので、びっくりして、一一〇番してきたんです」

「車内には、犯人のメッセージも、ありましたか？」

「ありました。色紙に墨で『歴史を正しく見ようとしない者には、生きている価値がない。よって、ここに、死刑を宣告する』そう書かれてありました」

「サインも、あったんでしょうね？」

「もちろん、ありました。正義之国王と署名されていて、東京や京都の事件と同じように、印鑑が、押されておりました」

「例の金印ですか？」

「そうです。署名とは違った文字が、印鑑には、刻《きざ》まれていました」

「死体のあったワンボックスカーですが、盗難車だといわれましたね。どこの車ですか？」

十津川が、きいた。

「福岡ナンバーです」

「その車は、いつから、盗難に遭《あ》っていたんですか？」

「二日前からです」

「そうすると、犯人は、二日前に、その車を盗み出して、そのなかで、女性を殺して、首を切った。そういうことになりますか？」

十津川が、いうと、加藤警部は、首を横に振って、

「車のなかには、ほとんど、血痕らしいものが、見つかりませんでした。ですから、犯人は、どこか別の場所で、女性を殺して首を切り、そのあとで、ワンボックスカーを盗み出して、そのなかに死体を置き、そばに、例のメッセージを書いた色紙を置いて、立ち去ったと思われます」

「犯人は、ずいぶん面倒なことを、したものですね」

亀井が、首をかしげて、十津川に、いった。

加藤警部が、十津川たちを連れていったのは、太宰府の郊外にある丘陵地帯だった。幹線道路から、少し離れた場所に、盗難車だというワンボックスカーが、駐まっていて、そこには、福岡県警のパトカー二台と、鑑識の車が、見えた。

加藤警部が、二人を盗難車に、案内した。

後部座席に、横たわるような格好で、首なし死体が置かれていて、その肩の近くに、問題の色紙があった。

なるほど、座席には、血痕らしいものは、見つからなかった。色紙にも、血痕はついていない。

「検視官の話では、死後、少なくとも、三日から四日は経《た》っているということです」

「そうなると、やはり、犯人は前もって、殺して首を切っておき、そのあとで車を盗み、そのなかに死体を置いた。そういうことに、なってきますね」

十津川が、色紙の文字に目をやりながら、いった。

死体が、司法解剖のために、大学病院に送られていくのを、見送ったあとで、十津川は、県警の加藤警部に、

「京都で発見された、首なし死体は、東京に住んでいる稲川友之、四十五歳とわかりました。この男には、一緒に、日本の古代史を研究している、女性の友人がいましてね。小山多恵子というんですが、ここで発見された死体は、ひょっとすると、その小山多恵子かもしれません」

「そうだとすると、身元を証明するものが、何か見つかりますかね？」

「今、東京で、小山多恵子について調べていますから、何か、こちらにしらせてくるかもしれません」

十津川が、いった。

その日の午後三時すぎに、西本から、十津川の持っている携帯電話に、連絡が入った。

「上石神井のマンションにいって、小山多恵子の部屋を、調べてきました。部屋

には、日本古代史研究会の会員証が、ありましたし、稲川友之と二人で、韓国や中国に旅行した時の写真も、何枚か見つかりました。管理人の話によると、月に二、三度、稲川友之と思われる男が、訪ねてきていたそうです。彼女の部屋で、発見された指紋があるので、そちらに送ります。主な指紋は二つあって、一つは、京都で殺された稲川友之のものだと、思われます。二つ目の指紋は、おそらく、小山多恵子のものと思いますので、九州で発見された首なし死体の指紋と、照合していただけませんか？　そうすれば、身元が割れるかもしれません」

西本が、いった。

その指紋は、福岡県警本部に、送られてきた。

早速《さっそく》、指紋は、首なし死体の指紋と、照合された。

十津川と亀井は、その時、福岡県警本部にいたのだが、二人を見ながら、加藤警部が、嬉しそうに、

「指紋が一致しました。これで、首なし死体の身元が、日本古代史研究会の会員の、小山多恵子だとわかりました。勤め先の中学は先週から休んでいたようです」

その日、十津川と亀井は、太宰府近くのホテルに、チェックインすることにし

た。

　ホテル内のレストランで、少し遅めの夕食を取っている時、十津川が、亀井に、いった。

「どうも、しっくりこないんだよ」

「何がですか？」

「殺された小山多恵子は、京都で殺された稲川友之と二人で、日本古代史の研究グループに入っていた。その時、邪馬台国論争について、自分たちの考えを本にして、共著で出版している。その時、小山多恵子は、稲川友之と韓国や中国に旅して、古地図を探した。そうやって書きあげた本では、邪馬台国が九州ではなくて、大和にあったという結論に、なっているんだ」

「確かに、そうでしたね」

「稲川友之が、京都で殺されていた。京都は、広い意味では、大和ということになるから、まだ、納得できるんだが、それなのに、どうして、小山多恵子は、九州で殺されていたんだろう？　小山多恵子も、稲川友之と同じように、京都で殺されていなければ、おかしいんじゃないのかね？」

「そうかもしれませんが、日本古代史研究会というのは、本部が京都にあって、東京と九州に、支部があるわけでしょう？　小山多恵子は、たまたま、九州支部にきていて、殺されたのではないかと、そういうことも、考えられると、私は思います。福岡県警の加藤警部は、日本古代史研究会の九州支部にいって、小山多恵子のことをきいてみる、そういっていましたよ。もし、彼女が、殺される前に、九州支部にきていたとしたら、おかしいことは、ないんじゃありませんか」

「確かに、カメさんのいうとおりなんだがね。しかし、何となく、しっくりしないんだよ」

十津川は、まだ、納得できない表情になっていた。

翌日、十津川と亀井は、県警の加藤警部に、司法解剖の結果をきいた。

「死亡推定時刻ですが、検視官がいっていたように、今から四日前、三月十三日の午後九時から、十時くらいの間で、死因は、体に外傷がないところから見ると、首を絞められたことによる窒息死ではないか？　司法解剖をした医者は、そういっています」

「加藤さんは、これから、日本古代史研究会の九州支部に、いかれるんでしょう？　われわれも、同行したいのですが、構いませんか？」

「もちろん、構いませんとも」

加藤警部がいい、昨日と同じように、県警のパトカーで、九州支部のある福岡市内の雑居ビルに向かった。

博多湾に面した、七階建ての雑居ビルで、その三階に、日本古代史研究会九州支部があった。

そこで、木下《きのした》という事務局長に会った。

県警の加藤警部が、東京から送られてきた小山多恵子の顔写真を見せて、

「この人は、日本古代史研究会の会員で、現在は、東京に住んでいるんですが、最近、彼女が、この九州支部を訪ねてきたことは、ありませんでしたか？」

と、きいた。

木下事務局長は、顔写真を見てから、

「いいえ、ここのところ、お見えになっていませんよ。この人、確か、小山多恵子さんでしょう？　殺されていたそうですね。以前、私が東京にいった時、お会いしたことがあります」

「九州支部の会員は、何人いらっしゃるのですか？」

亀井が、きいた。

「九州支部は、京都の本部よりも、会員数が多いんですよ。何しろ、九州は、古

代史の宝庫ですからね。日本で一番古墳の多いところですし、例の金印が、発見された志賀島も、九州ですから」

木下事務局長は、得意そうな表情で、いった。

「例の邪馬台国論争ですが、九州支部の方は、ほとんど、邪馬台国の場所に関しては、九州説ですか？」

十津川が、きいた。

「もちろん、圧倒的に九州説を信じる人が多いですけどね、それでも、なかには大和説を、支持する会員もいるんです。そのあたりは、まったく自由なんですよ。九州説を支持しない人は、会員にしないことにすると、研究自体が、偏《かたよ》ったものに、なってしまいますからね」

「木下さんは、小山多恵子さんに会われたそうですが、小山多恵子さんは、稲川友之さんと一緒に、本を書いていますね。『邪馬台国の謎　古地図から見た邪馬台国』という本です」

「ええ、その本なら、読みましたよ。なかなかの、労作で、感心しました」

「しかし、木下さんは、邪馬台国＝九州説じゃないんですか？」

「もちろん、九州説です」

「そうなると、小山多恵子さんが書いた本には、反発を感じていらっしゃるんじゃありませんか？　昨日、彼女は他殺死体で発見されましてね」

「それは、昨日連絡がありましたが、ちょっと、待ってくださいよ」

と、急に、木下事務局長は、気色《けしき》ばんで、

「まさか、私が、邪馬台国について意見の違う小山多恵子さんを、殺したなんて、いうんじゃないでしょうね？」

「もちろん、そんなことは、考えていませんが、すでに、三人の人間が殺されていましてね。三人とも首を切られた上に、犯人が、こんなメッセージを、残しているんですよ。『歴史を正しく見ようとしない者には、生きている価値がない。よって、ここに、死刑を宣告する』とです」

「そのメッセージなら、新聞で、読みましたよ」

「このメッセージを、どう、読むかということになるのですが、今までに殺されたのは、全員が、日本古代史研究会の会員なんですよ。今回、太宰府の近くで、死体で発見された小山多恵子さんは、今も申しあげたように、邪馬台国＝大和説ですからね。この九州の会員のなかには、その意見に、反発する人もいるんじゃないかと、思っているんですが、そのへんは、どんなものでしょうか？」

「うちの会員は、ほとんどが、九州説ですからね。当然、自分たちと意見の違う人には、反発を感じますが、何といっても、一緒に、古代史について、研究をしている会員なんですから、意見が違っても、かえって、自分たちの参考になる。そんなふうに思っています。もちろん私は殺していないし、うちの会員も、意見が違うからといって、相手を殺したりなんかしませんよ」

「確かに、会員の皆さんは、自分と意見が違う人がいても、寛大に許すでしょうが、時には、少しばかり、狂信的な人も、いるんじゃありませんか？　例えば、日本古代史研究会の会員ではなくて、一般の人のなかに、過激な人がいるんじゃないか？　私なんかは、そんなふうに考えてしまいますが、どうですか？　そんな人に、会ったことはありませんか？」

「そうですね。私たちは、自分の意見を本にしたり、京都本部に集まって講演会を開いたりして、自分たちの意見を、発表するわけですが、そんな時に、お前の考えには、絶対に、賛成できない。その考えを、撤回しないのなら、殺してやるといった酷《ひど》い投書が、くることもありますよ。しかし、今までに、それが原因で、会員が、殺されたことはなかったんです。それがここにきて、立て続けに三人も、殺されていますからね。誰がいったい、こんな酷いことをするのか、昨日も、会員たちと、困った時代になったと、話していたんですよ。警察にお願いしたいのは、一刻も早く、こんな馬鹿げた犯人を、逮捕してほしいということです。これ以上、会員に犠牲が出るのは、ごめんですからね」

木下事務局長が、真剣な口調で、いった。

県警の加藤警部は、犯人のメッセージが書いてある、色紙のコピーを持ち出して、事務局長の木下に、

「これは、犯人が毛筆で書いたものと思われるのですが、この筆跡に、心当たりはありませんか？　できれば、会員の皆さんに、この色紙を見せて、思い当たることがないか、きいて、もらいたいんですがね」

木下事務局長は、少し抵抗があるという感じだったが、

「わかりました。今、ここに、四人の会員がいますから、まずは、その人たちに、見せてきますよ」

と、いい、そのコピーを持って、立ちあがった。

木下事務局長が、会員に、コピーを見せている間、十津川たち三人は、応接室で待っていた。

十五、六分して、木下事務局長は、戻ってきたが、

「今、ここにいる会員は、全員が、こんな筆跡の文字は、見たことがない。そういっています」

「そうですか。心当たりなしですか」

「ただ、女性会員のひとりが、こんなことを、いっていましたよ。ここに押された印鑑ですが、少し違うんじゃないか。そういっているんですよ」

「犯人の署名と、そこに押されている印鑑が違うのは、もう、わかっているんですよ。その印鑑は、九州で発見された、例の金印です。漢委奴国王という、福岡の志賀島で発見されたあの金印が、押されているんです。もちろん、レプリカでしょうけどね」

十津川が、わかっているんですよ、というように、苦笑して見せると、

「それが、違うんですよ」

と、木下事務局長が、いう。

「どこが違うんですか？」

「確かに、東京と京都で、発見された首なし死体には、犯人のメッセージに、志賀島で発見された金印が、押されていました。しかし、今回の色紙に押されている印鑑ですが、志賀島で発見された、例の、漢委奴国王という印鑑ではないと、

その女性会員は、いうんですよ。それをきいて、もう一度、よく見てみたら、確かに、違っていました」

「本当に、違うんですか？」

信じられないという顔で、十津川が、いった。

「違います。よく見てくださいよ。ここに押された印鑑には、こうあるんです。『親魏倭王《しんぎわおう》』という文字です。少しばかり読みにくい字になっていますが、とにかく、よく見てもらえませんか？　文字は、四つです。親しいという親。次は魏で『三国志《さんごくし》』の魏のことです。それから倭、最後は、王です」

木下事務局長が、繰り返した。

十津川が、驚いて、もう一度、押されている印鑑をよく見ると、確かに、漢委奴国王ではなくて、親魏倭王となっている。大きさも、前の金印と比べて、一回りほど大きく感じられた。

「どうして、今回に限り、今までの二件とは違った印鑑を、犯人は、色紙に押したんでしょうか？」

十津川は、逆に、質問を、木下事務局長にぶつけてみた。

木下事務局長は、微笑して、

「この印鑑を見て、私なんかは、大いに興奮したんですよ」

「なぜですか？」

「いいですか、今回押された印鑑は、魏に親しかった倭の国王という印鑑ですよ。もし、この金印が、日本のどこかで、発見されたのだとしたら、それこそ、世紀の大発見になるんですよ」

木下事務局長が、興奮した口調で、いった。

十津川は、まだその意味が、よくわからなくて、

「具体的に、わかりやすく、説明してもらえませんか？」

「志賀島で発見された漢委奴国王の金印ですが、西暦五七年、奴の国王が、後漢の光武帝に使いを出した。その時、光武帝が、奴国の使いに、漢委奴国王の金印を、贈ったわけですよ。それが、九州で発見されて、今も、注目を浴びています。この金印は、西暦五七年に、倭にあった小さな国の国王が、はるばる後漢の都、洛陽《らくよう》に使いを出した。それを証明しているわけです。それから、二百年近く経った西暦二三九年に、邪馬台国の卑弥呼が、使いを魏の国王のところに、出した。それは『魏志倭人伝』のなかにはっきりと記されていますが、その時、魏の国王から、親魏倭王という称号を与えられたことも『魏志倭人伝』のなかに出て

いるんです。当然、その時に、同じように、金印を授《さず》けたのではないかと、考えるのが自然です。もし、この金印、親魏倭王という金印が、日本のどこかで、発見されたら『魏志倭人伝』に書かれたことが事実として、証明されるわけです。それだけではありません。その金印が九州で発見されれば、邪馬台国が、九州にあったということが、間接的に、証明されることになるわけですよ。逆に、京都や奈良で発見されれば、邪馬台国は、大和にあったという証拠になりますからね。だから、今、会員のひとりから、この印鑑が、親魏倭王と彫《ほ》られていると指摘された時、私は、大きなショックを受けたんですよ。もちろん、ここに押された印鑑は、悪戯かも、しれません。しかし、犯人が、どこかで、この金印を発見していて、それを、ここに押したのだとしたら、これは、日本の古代史を塗り替える一大発見になるし、これまでの、邪馬台国論争に、一つの結論を与えることにもなるので、私は、本当に、びっくりしているんですよ」

「だんだん、私も興奮してきましたよ。確かに、色紙に押されている印鑑には、今までの金印とは違って、親魏倭王と彫ってありますね。邪馬台国の卑弥呼が、魏の国に使者を送ったのは、西暦二三九年でしたね」

「ええ、そうです。魏の景初《けいしょ》三年といわれています。魏の明帝《めいてい》が、卑弥呼の使いに会ったはずですよ。そして、親魏倭王という称号を与えたと『魏志倭人伝』に出ているんです。ただ単に称号を与えただけではなくて、奴国が後漢の皇帝から金印を、与えられたように、その時も、魏の明帝は、卑弥呼の使いに、同じように、親魏倭王という金印を与えたはずなのです。そういうしきたりに、なっていたと思うのです。問題は、色紙に押された印鑑ですよ」

「木下さんは、どうお考えですか？　これは、犯人が、悪戯で作った印鑑だと、思われますか？　それとも、日本のどこかで発見された、本物の印鑑だと、思われますか？」

「犯人が作った、悪戯の印鑑かもしれません。しかし、私は、これが、日本のどこかで発見された、本物の金印だと、思いたいんですよ。もしこれが、本物なら、今までの邪馬台国論争に、終止符が打たれるし、それを延長していくと、大和朝廷と、邪馬台国との関係もわかってくる。それこそ、日本の古代史にとって、一大発見ですからね。私は、徹底的に、この印鑑について、調べてみようと思っています」

「大変なことに、なってきましたね」

亀井が、感心したようにいうと、木下事務局長は、なおも言葉を続けて、

「われわれ、日本古代史研究会の会員たちが、いつも、考えていることがあるんですよ。それは、志賀島で発見された金印と同じような金印が、もう一つ、どこかにあるべきだ。金印は二つあって、初めて、古代史の研究が進むのではないかと、考え続けているのです。その二つの金印というのは、一つは、漢委奴国王という金印で、ご存じのように、すでに発見されています。もう一つは、三国《さんごく》時代の魏の国王が、邪馬台国の卑弥呼に与えたはずの、親魏倭王の金印です。この二つが揃って、初めて、日本の古代史に光が当たる。絶対に、どこかに、志賀島で発見されたのと同じような、親魏倭王の金印があるはずだ。なければおかしいと、いつも思っているんです。その可能性が、この印鑑によって、高くなってきました。われわれ日本古代史研究会の人間、いや、九州支部の人間は、徹底的に探しますよ」

木下事務局長は、胸を張るようにして、大きな声で、いった。

その目が、光っていた。

第三章　挑戦者

1

四月八日の新聞各紙に、奇妙な広告が載った。

われわれ「アドベンチャー・ジャパン」は、三つの問題提起をすることにした。

今の日本にとっていずれも、大きな価値のあることゆえ、多くの方が、この講演会にきてくださることを期待している。

三つの提言とは、以下のことである。

一、今回、われわれは、日本の古代史に一石を投ずるような、大発見をした。
それを発表する。
二、現在、全国民を、恐怖に陥《おとしい》れている連続殺人事件の犯人の氏名を、発表する。
三、犯人の動機も、われわれは、摑んでいるので、これも同時に発表する。

日時　四月十日　午後一時より
場所　新宿西口公会堂

アドベンチャー・ジャパン代表　大日向浩志《おおひなたひろし》

これが、四月八日の三大新聞の半ページを押さえて載った、奇妙な広告というか、意見である。

同じその日の夕刻、東京で、連続殺人事件に対し、京都府警から篠原警部、福岡県警から加藤警部が、それぞれ上京し、合同の捜査会議が開かれていた。

その会議でも、当然、この奇妙な広告のことが話題になった。

「このアドベンチャー・ジャパンと、代表の大日向浩志という人間が、どんなグループで、どんな人物なのか、わかりますか？」

福岡県警の加藤警部が、十津川に、きいた。

「東京では、かなり有名なグループですよ。ただし、会員一万人といっていますが、これは、おそらく大ぼらで、十分の一くらいと、思っています。寄付金によって、運営されている財団法人といっていますが、金の集め方がどんなものか、わかっていません。マルチ商法をおこなって、かなり潤沢《じゅんたく》な資金を持っているという噂もあります。代表の大日向浩志ですが、年齢は五十五歳、国立大学の法科を出て、弁護士の資格を持っています。最近まで、金になるような民事裁判ばかりを引き受けていたのですが、ここにきて突然、アドベンチャー・ジャパンという団体を作って、金集めをしているのです。これからの日本人は、冒険をしなければいけない。そんなことをいいましてね。北九州の、博多湾周辺に船を出して、海底に沈んでいる宝物を、引き揚げると宣言したりして、活動をしているようですよ」

十津川がいうと、加藤警部は、大きくうなずいて、

「ああ、博多湾で何かやっている、あの連中ですか。船を出して、去年の十月頃から、ダイバーを海に潜《もぐ》らせて、何か、探しているようでしたね。記者さんの話

によると、北九州の沿岸は、例の元寇《げんこう》があって、元の船がたくさん沈んでいるから、当時の貴重な遺物が、見つかる可能性がある。あるいは、第二次世界大戦の時、あの近くで、米軍機に沈められた日本の商船などもあるようだから、そこからも、何か、見つかるかもしれない。などと、いっているようで。あの連中ですか」

「海だけではなくて、徳川家康《とくがわいえやす》や、豊臣秀吉《とよとみひでよし》が隠した埋蔵金を探すといって、長野《ながの》県あたりの山を、掘ったりしています。そのため、山師《やまし》のようなグループかと思っていたんですが、突然、こんな広告を出すとは、正直びっくりしました」

十津川が、笑いながらいった。

「この三つの提言ですが、本当ですかね？」

京都府警の篠原警部は、首をかしげている。

「人集めのためのはったりかもしれません。この大日向浩志という男は、弁護士ですから、弁が立ちますからね。人を集めて、寄付金を集めようという、狙いかもしれません。第一、われわれが捜査をしている、今回の殺人事件では、まだ犯人の心当たりもないわけですから、その犯人をしっているというのは、おそらく、はったりでしょう」

十津川は、冷静な口調で、いった。

2

四月十日、十津川は亀井を連れて、新宿西口公会堂にいってみることにした。

京都府警の篠原警部と、福岡県警の加藤警部の二人も、この講演会に関心があるようだったが、それぞれ、すぐに地元に帰らなくてはならない。

われわれの分まで、しっかり観察をしておいてくださいといって、帰っていったのである。

午後一時少し前に、十津川たちが、会場にいってみると、五百人を収容できる会場は、ほぼ、満員だった。

大きな新聞広告のせいもあるだろうし、古代史に興味のある日本人は多いし、首なし連続殺人事件については、マスコミが、連日のように、大きく取りあげているから、その猟奇性から、多くの人が関心を持っている。そんなことが重なって、たくさんの人が、足を運んできたのだろう。

午後一時になると、壇上には、大型スクリーンがおりてきた。そして、アドベンチャー・ジャパンの代表、大日向浩志が、ゆっくりと演壇に足を運んだ。

どこまで、信用できる男なのかは、わからないが、長身で、がっちりした体つきをし、目つきが鋭く、貫禄は充分だった。

大日向浩志は、ゆっくりと、会場を見回してから、話し始めた。

「私は、アドベンチャー・ジャパンの代表をやっております、大日向浩志です。まだ、この会のことをご存じない方も、大勢いらっしゃるでしょうから、まず、会の説明をさせていただきます。現代の日本はよく、曲がり角にきていると、いわれています。少子化問題があり、高齢者問題もあります。しかし、大事なことは、これからの日本人が、どう、生きるべきかということです。政治と経済のことは、政治家と経済人に任せておけばいいんです。政治家は、あまり頼りになりませんが、選挙で脅《おど》かせば、真面目にやりますからね」

聴衆のなかには、うなずいたり、失笑をもらしたりする人も多い。

「われわれ一般人は、いったい、何をしたらいいのか？　そう考えた末に、私が思いついたのが、冒険です。今、多くの人が、定年退職をして、年金で細々と生きている。そんな日本人に、あなたは、なりたくないでしょう？　だから、私たちが提唱しているのは、冒険、アドベンチャーなんですよ。といっても、ただのアドベンチャーでは、面白くありません。では、何をしたらいいかといえば、われわれ日本人が、どこからきたのか？　いつから、日本人と呼ばれるようになったのか？　その歴史を明らかにするような冒険をしたい。それが、私の願いであり、また、皆さんの願いでもあるのではないかと、思っているのです。そこで、現在、アドベンチャー・ジャパンがやっている冒険について、お話ししましょう。日本人は、どこからきたのか？　いつ頃きたのか？　あるいは、どんな国家を作っていたのか？　こうしたことは、日本人なら誰でも興味があるはずです。自分の国のルーツをしりたいのは、世界中の人々が、共通して持っている欲求だからですよ。それなら、日本の歴史を書いた『古事記《こじき》』とか『日本書紀《にほんしょき》』があるじゃないかと、いう人もいます。しかし、あれは、どちらも八世紀に書かれたものので、その頃からの歴史は、はっきりとしているんです。しかし、それ以前となると、神話同然になっているんです。天孫降臨《てんそんこうりん》の話とか、天照大神《あまてらすおおみかみ》が、天《あま》の岩《いわ》戸《と》に隠れたら、世の中が真っ暗になった話とか、それが神話なんですよ。おとぎばなしの世界だから、当然、実証されていない。しかし、神話時代の出来事は、実際には、どうだったのだろうか？　それをしりたいという欲求が、いろいろな、研究になっていますが、まだ、どの説が本当か、わかっていません」

会場は、静まり返り、聴衆は、きき耳を立てている。

「皆さんよくご存じの、邪馬台国論争、これは『魏志倭人伝《ぎしわじんでん》』という書がありましてね『三国志《さんごくし》』の世界ですよ。魏と蜀《しょく》と呉《ご》という三国が争った時代で、そのあとで、西晋《せいしん》の、陳寿《ちんじゅ》という歴史家が、この三国についての歴史書を編集している。これが『三国志』という書物です。そのなかに魏の歴史について記した『魏志』が三十巻あり、一番大きな量ですが、その三十巻目が『東夷伝《とういでん》』ということになっています。つまり、中国が真ん中で、その周《まわ》りに小さな国がいっぱいある。その小さな国について書いているんですよ。そのなかに、邪馬台国が出てくるんですね。この部分が『倭人伝』といわれています。この邪馬台国には、卑弥呼という女王がいた。中国の歴史書に出てくるんだから、邪馬台国は実在したし、卑弥呼という女王も実在したはずだが、いったい、それがどこにあったのか？　卑弥呼という女王は、どんな女王だったのか？　その件で、侃々諤々《かんかんがくがく》、大いに論争があったのですが、そのことについては、皆さんも、よくご存じだと思いますね。皆さんのなかにだって、邪馬台国が九州にあったとか、大和にあったとか、いろいろと、考えておられる方がいるんじゃありませんか？　そこで、私たちアドベンチャー・ジャパンは、これを実証してみようじゃないかと、考えたのです」

ここで、大日向浩志は、会場の反応を確かめるように見回し、話を再開した。

「その端緒になるのが、北九州の志賀島《しかのしま》で、発見された、漢委奴国王《かんのわのなの》という金印です。西暦五七年、九州にあった奴国という国から使者が中国に渡って、当時は、漢の時代です。前漢《ぜんかん》と後漢《ごかん》がありましてね。後漢の光武帝の時代です。洛陽にいって、そこで、光武帝に会っています。その時に、光武帝は使者に、印綬《いんじゅ》を授けたんですね。それが金印で、漢委奴国王と彫られていました。当時、中国周辺の国が、貢ぎ物《みつもの》を中国の皇帝に差しあげて、その代わりに、位《くらい》をもらうんですね。奴国の使者も、漢の光武帝に貢ぎ物をして、お前は漢が認める奴国の王であると、証明してもらっているんです。今から考えれば、おかしなことなんですが、そういう時代でした。その金印が発見されたので、奴国が実在したことが、わかりましたし、また『後漢書《ごかんじょ》』という書に、西暦五七年、奴国の使者が、洛陽にやってきて、皇帝から金印を授かったという記述があって、それも確認されたわけです。それから百八十二年後の、西暦二三九年に、邪馬台国の女王、卑弥呼が、使いを、当時の魏の国にやって、魏の国の皇帝から印綬をもらっているんです。これは、今いった『魏志倭人伝』に出てきます。漢の時代ではなくて、魏の国になっていますから、親魏倭王という印鑑であることは、これも『魏志倭人伝』に出ていますから、間違いないんです。もし、この金印が、見つかったら、大変な発見ということに、なります」

大日向浩志の顔が、紅潮している。

「もし、九州のどこかで見つかれば、邪馬台国は、九州に存在していたということになりますし、関西で見つかれば、大和にあったということになります。しかし、どうして、今に至るも、あるはずの金印が、見つからないのだろうか？　それを、私は考えました。発掘は、今も盛んです。九州では、吉野ケ里《よしのがり》遺跡が発見されました。東北では、三内丸山《さんないまるやま》遺跡が発見された。明日香《あすか》でも京都周辺でも、遺跡の発掘が盛んです。しかし、肝心の金印が、一向に、見つからない。どうしてなのかと考えているうちに、私の頭に閃いたことがあります。それは、奴国や邪馬台国の使節が、いったい、どんなルートで中国にいったのだろうかということです。もし、邪馬台国が、大和にあったにしても、北九州にあったとしても、使者を乗せた船は、九州から海路、おそらく、対馬《つしま》に寄ってから、朝鮮に渡ったのではないだろうか？　現在の釜山《プサン》あたりに上陸したのではないかと思いますね。朝鮮半島を縦断して、当時、中国の北部を、支配していた魏の国に、いったに違いない。そして、洛陽で、魏の皇帝に、会ったのではないかと、私は、そう考えたのです」

大日向浩志の顔が、さらに紅潮し、会場は、水を打ったように、静まり返っている。

「もし、その船が帰りに、沈没してしまっていたとしたら、どうだろうか？　船が沈没してしまったのなら、肝心の金印は、船とともに海底に、沈んでしまったはずです。そうなら、いくら陸上を発掘したところで、金印は、見つからないのではないか？　私は、そう考えたのですよ。そこで、目をつけたのが、博多湾です。漢委奴国王という例の金印は、志賀島で発見されていますが、この志賀島も、博多湾に存在しているのです。だから、三世紀頃も、日本の船が中国に向かう時、博多湾から出ていたのではないかと、考えました。もし、この考えが当たっているのならば、博多湾のどこかに、金印を持って魏の国から、帰ってきた船が、沈んでいるのではないか？　それで、アドベンチャー・ジャパンは、去年の十月から、船をチャーターしダイバーを雇って、博多湾の海底調査を、実施しました。その時の状況を、ビデオでお見せしましょう」

大日向浩志がいうと、背後の大型スクリーンに、その光景が映《うつ》し出された。

チャーターした船の上で、談笑している大日向浩志が、写っている。

ダイバーが海に潜り、難破船のものと思われる、古い木材の周辺から見つけ出したという古い貨幣や、陶器が、次々に、捜索船の甲板《かんぱん》に、引き揚げられてくる。

「このように、博多湾の海底からは、いろいろなものが、見つかりましたが、肝心の金印は、なかなか見つからないのです。冬になっても、波の穏やかな日には、調査を続行しました。そして、ついに今年に入った二月十一日、くしくもその日は、昔の紀元節《きげんせつ》でしたが、その日にとうとう私は、金印を見つけたんです」

海底から引き揚げられた木片などが、甲板に、積みあげられていく。それをまず、水で洗う。

その途中で、誰かが、

『あれ、金印じゃありませんか？』

と、叫んでいる。

『金印だ！』

作業の指揮を執《と》っている、大日向浩志が、叫ぶ。

くすんだ小さな印鑑が、大日向浩志の手の平の上に、あった。

大日向浩志は、印章に彫られた、その文字を見ながら、

『間違いない。これこそ、私が探していた、親魏倭王の金印だよ』

「私は、とうとう、問題の金印を発見したんです！　しかし、どうしてすぐにそのことを、発表しなかったのかと、皆さんは、不審に思われるんじゃありませんか？　私ももちろん、すぐにでも、発表したかった。しかし、その前に、これが、本物の親魏倭王の金印だという、確固たる証拠が、ほしかったんですよ。悪戯で誰かが、偽の金印を作って、海底に沈めておいたということも、充分に考えられますからね。そこで、私は、学界の権威ある専門家に、発見した金印を見せ、話をきくことにしました」

その時の様子も、大型スクリーンに、映し出された。

大日向浩志と、秘書の女性が、大学にいって、古代史専門の教授に会って、話をきいている光景である。

「しかし、残念ながら、専門家の先生たちの答えは、あまり、芳《かんば》しいものではありませんでした。誰もが、この金印が、間違いなく、あの卑弥呼に渡された、金印と、断定する自信がない。そういわれるのですよ。そこで私は、日本古代史研究会に、話を持っていきました。京都で殺された稲川友之さん、稲川さんと一緒に、日本古代史の研究をされており、太宰府で殺された、小山多恵子さん、さらには、東京で殺された浅井直也さんといった方々に、話をききました。その方々は、真面目に、人生を懸けて日本の古代史を研究されているだけに、お答えも真面目だし、はっきりされていました。その方たちは邪馬台国が大和にあったという説なので、博多湾で金印が発見されることは、自説には不利です。それなのに口を揃えて、この金印こそ、日本の古代史の新しい一ページを開く、大変な発見だと、いってくださったんですよ。その方たちは、殺されてしまっていますから、もう、話をきくことはできませんが、その時、私と一緒に、話をきいた私の秘書をご紹介しましょう。私が話すよりも、彼女の話のほうが、皆さんに信頼してもらえると思うからです」

大日向浩志は、そういって、ひとりの女性を紹介した。

三十歳前後と思われる、小柄で色白な女性だった。

「彼女が、私の秘書の織田澤芙蓉《おだざわれい》です。少し、名前の字が難しいので、スクリーンに映しましょう」

大日向浩志がいい、スクリーンに「織田澤芙蓉」という漢字が、浮かんだ。

「織田信長《のぶなが》の織田に、澤がつきます。それから、名前のほうは、漢字で、花の芙《ふ》蓉《よう》と書きます。それを、れいと読ませたのは、どうやら、彼女の祖父らしいのですが、彼女は、古代史にも詳しいし、頭の切れる女性ですから、彼女の話を、きいてください」

大日向浩志はいい、織田澤芙蓉に、マイクを渡した。

「私は、織田澤芙蓉といい、アドベンチャー・ジャパンの人間で、ここにいる大日向浩志の秘書をやっております。博多湾で海底の調査をやっていたとき、問題の金印が見つかり、私もその場にいまして、大変感激したことを、今でもよく、覚えています。私は、すぐに、そのことを発表したほうがいいと思ったのですが、代表の大日向は、あくまでも、慎重でした。その時、大日向は、こういったのです。日本の歴史に新しい一ページを加えるかもしれない画期的な発見だから、あくまでも、慎重を期したい。慌てて発表をして、もし、これが偽物だとなったら、われわれが、傷つくばかりではなくて、多くの日本史研究家の皆さんも、傷ついてしまうことになる。だから、よけいに慎重にしたいんだ、とです。まず、最初、私たちは、大学の先生方にお会いしました。一緒に引き揚げた、木片が、三世紀のものである、ということは、測定の結果、証明されました。しかし、大学の先生方は、八十パーセントの確信があっても、残りの二十パーセントが不安だと、本物だと断言してくれないんですよ。間違いないと、断定はできないといって、腰が引けてしまうんです。それで、私たちは、アマチュアのグループである、日本古代史研究会にいって、先ほど大日向のいった研究家の人たちにお会いしました。なぜか、東京、京都、福岡で、殺されてしまった方々なのですが、皆さん、金印を見た時は、目を輝かせまして、これこそ間違いなく、世紀の大発見だ。日本の古代史が、新しくなる。そういって、絶賛してくださったんですよ。ただ、その後、思いもかけない展開になってしまいましたのは、私も残念でしたし、大日向も残念だったと思います。しかし、あの金印が、本物であることは、日本古代史研究会の皆さんに、証明をしていただきましたから、感激しているのです」

織田澤芙蓉秘書の話が終わって、控え室に戻ってしまうと、また、大日向浩志が、マイクを握った。

「今、秘書の織田澤芙蓉君がいったように、その時の私は、歓びに震《ふる》えていました。これで、金印が本物であることが、証明された。これを発表すれば、日本の古代史研究に新たな光を与えることができるのです。いったい、どんな形で発表するのがいいのか、また、この金印は、私が海底調査の結果、発見したものですが、これが貴重なものだとすると、私が個人で所有するよりも、国立博物館に、寄贈したほうがいいのではないかなど、いろいろと考えていました。そんな時に、あの金印が、盗まれてしまったんです！　代表室の金庫にしまっておいたのですが、その金庫から盗まれてしまったんです。盗んだ人間は、わかっているんです。渡辺《わたなべ》孝《たかし》という四十歳の男です。私ども、アドベンチャー・ジャパンの幹部だった人間です。どこで、金庫のダイヤルの組み合わせをしったかは、わかりませんが、渡辺は、まんまと金庫を開け、金印を盗み出したのです。その後、なぜか、日本古代史研究会の方々が、次々に殺されて、その上、首を切られた形で死体が発見されるという、ショッキングな事態が、起こってしまったのです」

会場の聴衆は、話に、釣《つ》りこまれ、じっと、きき入っている。

「私は、この事件について、こう考えました。私たちのところから、あの金印を盗み出した渡辺は、日本古代史研究会の方々のところにいって、問題の金印は、自分が発見した。そう訂正してもらいたい。そんなことを、頼んだのではないかと、思うのです。ところが、そんなことで嘘をつくような方々では、ありませんから、きっぱりと、断ったのに違いないのです。また、盗んだ金印は、返却しなさい。そんな、忠告までしたのではないかと、思うのですよ。渡辺は、その意見にかっとして、浅井直也さんや、稲川友之さん、小山多恵子さんたちを、次々と、殺してしまったのです。渡辺は、自分の頼みを、きいてくれなかったということで、無性に腹を立てて相手を殺し、首をはねて、遺体の身元が、誰だかわからないようにして遺棄をしたのではないか？　そう考えるのです。遺体に添えて、もっともらしいメッセージも書き残した。そのなかに『歴史を正しく見ようとしない者には』という文言がありますが、あれは元々、私が考えた、文言なんですよ。もちろん、私は、渡辺のような冷酷な人間じゃありませんから、そのあとの『生きている価値がない』という文言は、続けていません。『正しく歴史を見ないと、大きな損をする』それが、私の考えた文言です。ところが、渡辺は、残忍な殺人まで犯して、その上、私の好きな文言を、勝手に変えて『歴史を正しく見ようとしない者には、生きている価値がない』などという、傲慢《ごうまん》な文言に変えてしまったのです。それでは、渡辺が、どんな人間なのか、まず、顔写真をお見せしましょう」

大日向浩志が、いい、スクリーンに中年の男の顔が、映し出された。

唇が薄く、いかにも冷たい感じのする男である。サングラスをかけているので、表情は、よくわからない。

「これが、犯人の渡辺孝です。身長百七十五センチ、体重七十キロ。彼は、いつもサングラスをかけていましてね。私が、サングラスをかけていると、表情がわからないから、外してくれないかといっても、なぜか、サングラスを、かけ続けていました。おそらく、今も、同じような、サングラスをかけていると考えられます。警察は、すぐに、この男を指名手配して、一日も早く、逮捕していただきたい。彼は、今、申しあげたように、私たちが見つけた、親魏倭王の金印を盗んだ男ですし、日本古代史研究会の三人を、殺した犯人でもあるのです。これからも、自分のことを金印の持ち主と認めてくれない人間を、冷酷に殺すかもしれませんから、一刻も早く逮捕していただきたいのです」

大日向浩志は、こう締めくくって、講演を終了した。

3

講演が終わると、新聞記者たちが、いっせいに大日向浩志に向かって、殺到した。

アドベンチャー・ジャパンが、発見したという、親魏倭王の金印について、きくためというよりも、連続殺人事件の犯人がどうして、渡辺孝とわかっているのか？　それをきくために、殺到したのだろう。

十津川は、その件について、新聞記者たちから、意見を求められるのが面倒なので、亀井をうながして、会場の公会堂を、早々に退場することにした。

捜査本部に戻ると、十津川は、刑事たちを集めて、

「今日の講演で、大日向浩志が、二つ、気になることをいった。一つは、新発見したもう一つの金印を、渡辺孝という男に盗まれた。その上、この渡辺孝は、今、世間を騒がせている連続殺人事件の犯人だといったんだよ。彼が、本当に連続殺人事件の犯人かどうかは、私にはわからない。しかし、会って話をきく必要はあると、私は思っている。アドベンチャー・ジャパンの幹部だったらしいから、見つけ出して、ここへ連れてきてくれ」

はっぱをかけるように、いった。

十津川は、大日向浩志の講演を録音してきたテープを、ダビングして一本ずつ、京都府警の篠原警部と、福岡県警の加藤警部に送ることにした。

十津川は、また、アドベンチャー・ジャパンの代表、大日向浩志についても、徹底的に調べるように、刑事たちに、指示した。

渡辺孝も、どこか胡散臭くて、何を目的として、動いているのか、わからなかったからである。

西本と日下の二人が、渡辺孝について調べるために、聞き込みに回った。

三田村と北条早苗刑事は、大日向浩志のことをきくために、東京弁護士会に、出かけていった。大日向浩志は、今も、弁護士の資格を持っていて、東京弁護士会に、所属しているからである。

渡辺孝を捜しにいった、西本と日下の二人は、その痕跡を、なかなか見つけられなかった。

大日向浩志の話によれば、渡辺孝は、元々、アドベンチャー・ジャパンの幹部だったというから、住所はわかっている。

教えられた住所に、二人の刑事は、覆面パトカーを飛ばした。

中野《なかの》の、マンションの三階だった。しかし、いってみると、すでに、渡辺孝は、引っ越してしまっていた。

当然かもしれない。もし、アドベンチャー・ジャパンがしっている住所に、渡辺孝が今もいたら、大日向代表たちが、すぐにマンションに駆けつけて、彼を捕まえるだろうからである。

まだ渡辺孝が、捕まらないということは、大日向代表は、親魏倭王の金印を、取り戻していないのだろう。

管理人に話をきいても、一向に、要領を得なかった。

管理人は、三月二十七日か二十八日頃、渡辺孝は、突然、いなくなったというだけで、行き先については、まったくしらないと、説明した。

「渡辺さんは、このマンションに、いつから住んでいたんですか?」

西本が、きくと、管理人は、自分のメモ帳を取り出して、

「三〇五号室の渡辺さんは、一回、契約を更新していますから、二年と三カ月ばかり住んでいたんじゃありませんかね」

「渡辺さんは、ひとりで、住んでいたんですか?」

「ええ、ひとりでしたけど、何度か、女性の姿を見たことがありますよ」

「どんな女性でした?」

「そうですね。いつも、帽子を深くかぶっていたので、顔は、よく見えなかったんですけど、小柄で、年齢は三十歳くらいですかね。渡辺さんのところに、泊ま

っていくこともありましたから、相当いい仲だったんじゃありませんかね」

「その女性のことで、何かわかることは、ありませんかね？　どんな小さなことでもいいんですけどね。例えば、渡辺さんが、その女性のことを、何と呼んでいたかとか、ここにくる時、車できていたのかどうか、といったようなことなのですが」

「名前はわかりませんけど、いつも車できていましたよ。真っ赤なスポーツカーでしたね。オープンカーです。それに乗ってきていました。彼女の名前はわからないけど、赤いスポーツカーのことだけは、強く印象に、残っているんです」

「その車のナンバーは、どうですか？　覚えていませんか？」

「いや、そこまでは、見ていません」

管理人は、素っ気なく、いった。

「渡辺孝さんは、このマンションに、二年以上も住んでいたんだから、管理人のあなたとも、話をしたんじゃありませんか？」

「渡辺さんは普段から、あまり話をしない人なんですよ。顔を合わせれば、挨拶くらいはしましたけど、親しく話をしたことは、一度もありません。私だけじゃなく、このマンションのほかの住人とも、ほとんど、話をしなかったんじゃありませんかね」

「アドベンチャー・ジャパンというグループの、幹部をやっていたんですが、そのことは、ご存じでしたか？」

「いや、まったくしりません。その、何とかいうのは、いったい、どんな会なんですか？」

「今日、新宿の公会堂に、多くの人を集めて、会の代表が講演をやったんですが、しりませんか？　新聞に、大きな広告が出ていたでしょう？」

西本が、いうと、管理人は、ああとうなずいたものの、

「その広告なら、見たことがありますよ。しかし、その何とかいう会に、あの渡辺さんが、関係していたというのは、まったく、しりませんでしたね」

また、素っ気なく、いった。

4

三田村と北条早苗の二人は、東京弁護士会にいって、何人かの弁護士から、大日向浩志のことをきいた。

秋山《あきやま》というベテラン弁護士は、こんな話をしてくれた。

「大日向さんは、頭が切れるし、経験も豊富な優秀な弁護士ですからね。そんな彼が、どうして、あんな奇妙な事業に手を出したのか、わからないんですよ。アドベンチャー・ジャパンという、いかにも、もっともらしい名前がついていますが、要するに、金を集めて宝探しをやろうというわけでしょう？　そのうち、詐欺罪で訴えられなければいいと、心配しているんですよ」

「今日の新宿の公会堂での講演は、おききになりました？」

「いや、きいていませんが、テレビのワイドショーでやっていましたね。それは見ましたよ」

「その件について、秋山先生は、どう思われますか？」

北条早苗が、きいた。

「そうですね。『魏志倭人伝』に出てくる、金印が、海底から発見されたというのは、別に、構わないと思うんですよ。それがたとえ偽物であったとしても、本物だと信じたんだといえば、すんでしまうんですから。しかし、連続殺人事件の犯人を、名指しでいってしまうというのは、どうですかね？　それが間違っていたら、大変な、名誉毀損になりますから。へたをすると、弁護士資格も、剝奪されてしまうかもしれませんよ」

「大日向さんは、確か、民事が得意な、弁護士さんなんじゃありませんか？」

三田村が、きくと、秋山弁護士は笑って、

「ええ、そうです。刑事事件を担当した経験もあるんですが、大日向さんは、刑事事件は、儲からないからといって、大きな民事事件ばかりを、引き受けていましたね」

「民事しか引き受けなかった大日向さんが、連続殺人事件について、犯人を名指ししたというのは、いったい、どういう心理だと、思われますか？」

「どうして、あんなことをしたのか、われわれ弁護士仲間も、心配しているんですよ。その渡辺孝という人は、元々、大日向さんが代表をやっている、アドベンチャー・ジャパンで幹部を務めていた人でしょう？　その男が犯人だという確証があるんなら、現在、事件の捜査をしている警察に話したらいいんですよ。それを勝手に、あんな形で、発表してしまうというのは、いかがなものかと思いますね。お二人に、逆におききしたいのだけど、現在、問題の連続殺人事件の捜査に、当たっておられるのでしょう？」

「そうです。京都府警や福岡県警と合同で、捜査をしています」

「それで、犯人の目星《めぼし》はついたのですか？」

「残念ながら、まだ見つかっていません」

「それならなおさら、刑事さんの考えがききたいな。一民間人、あるいは、ひとりの弁護士が、連続殺人事件の犯人は、渡辺孝だと、名指しをした。それについて、どう思われるのですか？　警察は、大日向さんの言葉を信じて、渡辺孝という男を、見つけ出して、逮捕しますか？」

今度は、秋山弁護士のほうが、二人に質問した。

二人は、苦笑し、三田村刑事が、

「今のところは、静観しています。渡辺孝がどんな男なのかも、わかりませんし、捜査線上に、この名前が、浮かんできたことも、ありませんから。渡辺孝という男が、もし見つかったとしても、逮捕するつもりは、ありません。まあ、事情聴取ぐらいはするでしょうが」

「そうでしょうね。慎重だということは、私は、いいことだと、思いますよ。無実の人間を、誤認逮捕することになるかもしれませんからね。大日向さんがやっている会は、会員数が一万人だと、豪語しているじゃありませんか？　まあ、十分の一としても、千人はいる。そのなかには、大日向さんが、幹部として信頼している人も、何人かいるでしょう。その人間たちに話をきくことは、できると思いますけどね。しかし、大日向さんは、海底から引き揚げた金印を、同じ会の幹部、渡辺孝という男が、盗んで逃げ出したということで、一方的に憎んでいる。だから連続殺人事件の犯人も、この男に間違いないんだと、決めつけているように、思えますね。本来、大日向さんという人は、ベテラン弁護士で、もっと慎重な調査を、する人なんですけどね。彼には、契約をしている、私立探偵事務所があって、民事事件の弁護を引き受けると、そこに頼んで、徹底的に調査をし、それで法廷に臨むというのが、大日向さんの、やり方だったんですよ。今回のように、いきなり、殺人犯は、あいつだと断定するような人じゃ、決してないんですよ。やはり、妙な団体の代表になってしまって、少し、おかしくなりましたかね。横領の噂もあるんですよ」

秋山弁護士は、笑った。

5

西本たちが調べたことを元にして、翌日、事件発生から何回目かの、捜査会議が、開かれた。

捜査会議でも、大日向浩志のことや、盗まれたといわれる、親魏倭王の金印のことが、話題になった。

「それで、問題の、渡辺孝という男だが、見つかりそうなのかね？」

三上本部長が、十津川に、きいた。

「今、渡辺孝のことを、調べているのは、西本と日下の二人ですが、依然として、行方不明です。大日向浩志のアドベンチャー・ジャパンの幹部だったので、同じ会に所属している会員たちにも、話をきいてみましたが、誰も行き先をしらないようです」

「渡辺孝には、家族は、いないのかね？」

「両親は、どちらもすでに、亡くなっていますし、彼自身、まだ独身ですから、家族と呼べるような者は、いないようです。遠い親戚ならいますが、西本刑事が電話をしてきいてみたところ、渡辺孝の行方は、まったくしらない。そういう答えでした。ただ、渡辺孝が二年三カ月住んでいたマンションの管理人によると、三十歳前後の女性が、しばしば訪ねてきていて、泊まっていくこともあったそうです。しかし、彼女の名前もわかりませんし、どんな仕事をやっている女性なのかも、わかりません。一つだけ、管理人がはっきりと覚えているのは、いつも、真っ赤なスポーツカーに乗って、やってきたということだけだそうです」

「そのスポーツカーのナンバーや、何という車種なのかは、わかっているのかね？」

「残念ながら、両方とも、わかっておりません。管理人は、車について詳しくないので、オープンカーだということは、わかっていますが、国産車なのか、外車なのかということも、判明しておりません」

「新宿の公会堂で、講演をした大日向浩志だが、その後の行動は、何かわかっているかね？」

「一番新しい情報では、大発見の親魏倭王の金印を盗んだ渡辺孝を、地元の警察に告発したそうです」

「告発したといっても、渡辺孝という男が、問題の金印を盗んだというのは、大日向浩志の一方的な、断定というか、思いこみなんだろう？　それを、警察が受理しても、いいものなのかね？」

「その点は、地元の警察としても、ずいぶん迷ったようです。一応、告発状は預かる形にしてある。署長は、そういっています」

「大日向浩志は、金印を盗まれたことが、よほど悔しいみたいだね」

「問題の金印が、本物でしたのなら、それこそ、彼がいうように、世界的な大発見になるわけですから、盗まれたことは、悔しくて当然だと思いますが、ただ、話だけですから」

十津川は、苦笑してみせた。

捜査会議の途中で、東京で殺された浅井直也、五十二歳のものと思われる首が、東京湾で発見されたというしらせが、捜査本部に飛びこんできた。

「すぐにいって、確認をしてきてくれ」

十津川は、西本と日下の二人に、指示を与えた。

二人の刑事を見送ったあと、三上本部長が、十津川に向かって、

「今回の犯人なんだがね、君は、どうして殺したあとに、わざわざ首を切って、海に捨てたと思うかね？」

「大日向浩志の話では、三人が、渡辺孝のいうことを、きいてくれなかった。その上、盗んだものは、すぐに、返せと説教されたので、怒って相手を殺し、憎しみのあまりその首を切って、ほかの場所に捨てたと、いっていましたが、それも本当の話かどうかは、わかりません」

「大日向浩志の話では、感情が激したあまりということに、なるんだろう？　普通に考えられるのは、身元を隠すため、あるいは、死体が重くて動かしにくいので、首の部分を切り離して、ほかに捨てるという、三通りが考えられるが、君は、どれを取るかね？」

「私には、激しい感情のせいとは、思えないのです」

「どうしてかね？　その理由を、きかせてほしいね」

と、さらに、三上が、いう。

「現在までに、三人の死体が、東京、京都、福岡で、発見されています。どの死体にも、傷が何カ所もついているということは、ありませんでした。犯人が相手のことを激しく憎んで、かっとなって殺し、首まで切って、ほかに捨てた、ということなら、当然、死体には、何カ所か、刺し傷とか、切り傷があったとしても、おかしくはないと、思うのです。これまでの、私の経験からいいますと、犯人が、相手を激しく憎んでいる場合は、何カ所も切られたり、刺されたりしているものです。今回の事件には、それがありませんでした。犯人は、感情が激して殺したのではなく、もっと冷静な気持ちで、相手を殺したに違いない。私は、そんなふうに考えています。身元も、わかりました」

「では、冷静な犯人が、どうして、首を切って、別な場所に捨てたのかね？」

「普通の殺人の場合ならば、死体全体を処理するのが、難しいので、首の部分を切ってほかのところに、捨てたという解釈になりますが、今回の場合、私は、そうは、考えないのです」

「じゃあ、どう考えるのかね？」

「私は、こんなふうに、考えてみたのです。三人の男女が殺されて、首がなくなっていた。この事実だけを見れば当然、猟奇的な殺人事件だと思われます。新聞やテレビも、もちろん、その線で、報道しました。ひょっとすると、今回の犯人は、自分の殺しが、そんなふうに、扱われることを期待して、首を切ったのではないでしょうか？」

「君のいうことはわかるが、猟奇的な殺人と見られることが、犯人にとって、なぜ、必要なのかね？　そう見られることで、何らかのメリットが、あるということかね？」

「大日向浩志は、犯人の渡辺孝が、相手を激しく憎んでいた。だから、憎しみのあまり、ただ殺しただけでは飽きたらず、首を切って、どこかに捨ててしまったのだと、いっています。世間が、そんなふうに見ることを、犯人は、期待していたのではないでしょうか？　それで、わざわざ、殺したあとで、首を切って持ち去った。犯人が、そう思っているのなら、成功したことになります。そう考えると、逆に、犯人は、極めて冷静だった、と思いたいのですよ」

捜査会議が終わって、十津川が、テレビをつけてみると、画面には、大日向浩志が映っていた。

大勢の新聞記者に囲まれて、昨日、講演で喋ったことは、本当かどうかを、あらためて、きかれているところだった。あれだけはっきりと、断定したのだから、記者たちが集まるのも、当然だろう。

十津川は、大日向浩志が、記者に、どう答えるのか興味があって、じっとテレビを見つめていた。

6

大日向浩志は、記者たちに、問題の金印のレプリカを見せることから、会見を始めた。

「万一に備えて、こうして、レプリカを作っておきました。あとでよく見てくだされば、おわかりになると思いますが、親魏倭王と彫られています。これが、金だったので、長いこと、海底に沈んでいても、腐食もせず、元のままの姿で、残っていたのです。私には、奇跡としか、思えませんね。この金印を、世間に発表しようとしたその瞬間、自分が、信用していた渡辺孝に、まんまと、盗まれてしまったんです。泣くに泣けない、私の気持ちも、わかっていただけると思います。個人的にも、悔しいですが、日本の歴史にとっても、あの男は、これからどうするつもりか、それが、心配で仕方がないのですよ」

「大日向代表が、おっしゃるように、渡辺孝という男が、本物の金印を盗んだのは、間違いないんですか？」

記者のひとりが、尋ねた。

「もちろんです。私が代表室の金庫に金印を仕舞った時、その場にいたのは、私と、秘書の織田澤芙蓉と、もうひとり、会の幹部だった渡辺孝、この三人だけだったんですよ。私と彼女が、事務所を出た直後、金印は、盗まれてしまったのです。同時に、渡辺孝も、行方不明になってしまった。だから、渡辺孝が、金庫から金印を盗み出して、姿を消したとしか思えないじゃないですか？　あの金庫に、金印を仕舞ったことをしっているのは、今も申しあげたように、私と秘書の織田澤芙蓉と、そして、渡辺孝の三人しかいないんですからね」

「その金庫のセーフティは、しっかりしていなかったんですか?」

「鍵は、ダイヤル式でした。そのダイヤルの組み合わせを、渡辺孝は、いつの間にか、盗み取っていたのですよ」

「どうして、簡単に、渡辺孝は、金庫のナンバーを、しったんでしょうか?」

「私は、渡辺孝という男を信用していたんですよ。これまで、会のために、真面目に、よく、働いてくれたし、頭もいいし、そんな男だったからこそ、私は彼を幹部に登用し、渡辺孝の前で、平気で金庫のダイヤルを、操作していたんです。渡辺孝は、前から、金印を盗むつもりで、じっと見て、覚えていたんじゃないですかね。そうとしか思えません」

「これから、大日向代表は、どうされるつもりですか?」

「アドベンチャー・ジャパンとして、渡辺孝を警察に告発しました。もちろん、私も全力で、渡辺孝を、探し出しますよ。あの貴重な金印を、何としてでも、取り返します。そうしたら、また、記者会見を開きますから、その時は、本物の親魏倭王の金印を、記事にしてください。どうかよろしくお願いします」

大日向代表が、記者たちに、深々と、頭をさげた。

第四章　ある取引き

1

　中央新聞社会部の田口《たぐち》から、十津川に電話が入った。田口は、十津川と同じ大学を卒業した、同期生である。

「内密に、相談に乗ってもらいたいことがあるんだ」

と、田口が、いった。

　十津川は、田口と新宿の喫茶店で、会った。お互い、忙しさにかまけていて、一カ月ぶりの出会いだった。

　田口は、先にきて、コーヒーを飲んでいたが、十津川の顔を見ると、

「実は、俺の相談じゃないんだ。友人に、M銀行の四谷《よつや》支店の支店長がいてね。

その支店長から、相談を受けたんだ」

「銀行のことを、相談されても、私に答えられるかどうか、わからんよ」

と、十津川は、笑った。

「銀行の支店長といったって、金の相談じゃないんだ」

「そうだろうな」

十津川は、また笑い、コーヒーを注文した。

「アドベンチャー・ジャパンが、新宿の公会堂で、妙な発表をしたのは、君もしっているだろう？」

「もちろん、しっている」

「実は、あのアドベンチャー・ジャパンという団体が、今いった、M銀行四谷支店に、口座を持っているんだ」

「アドベンチャー・ジャパンなら、私も関心があるが、あの団体が、どこの銀行に、口座を持っていても、別に、犯罪じゃないよ」

「もちろん、それは、わかっているさ。だから、内密で、相談したいといったんだよ」

「君のいう、その支店長だが、何を、心配しているんだ？」

十津川は、コーヒーをかき回しながら、田口に、きいた。

「今もいったように、アドベンチャー・ジャパンは、M銀行四谷支店に、口座を持っている。かなりの額の預金があるのだが、その、具体的な金額については、支店長も、明かすことはできないといっている。ただ、あんな新宿西口公会堂での、大日向代表の講演があっただけに、支店長は、アドベンチャー・ジャパンに関して、少しばかり、心配をしていたんだが、そんな時に、突然、五千万円を、引き出したというんだ」

「五千万円といえば、確かに大金だ。しかし、今のところ、アドベンチャー・ジャパンは、犯罪集団というわけじゃない。それに、代表の大日向という男は、立派な弁護士だ。アドベンチャー・ジャパンが、突然、五千万円という大金を引き出したとしても、何の問題もないよ」

「もちろん、支店長だって、それが犯罪だなんて、思っていないんだ。ただ、今もいったように、例の講演以来、支店長は、心配をしていてね。その五千万円を、受け取りにきた人間というのが、大日向の秘書だといっているんだが、女性だそうだ」

「彼女なら、私もしっているよ。新宿西口公会堂でも、その女性秘書を見ている」

「それでだな、支店長は、つい、その五千万円を、いったい何に使うんですか

と、きいてしまったらしいんだ」

「それで、女性秘書は、どう答えたんだ？」

十津川自身も、今、その答えを、しりたい気持ちになっていた。

「そうしたら、女性秘書は、急に、そわそわしだし、不安げな顔になって、こう

答えたそうだ。世界に、一つしかない大事な宝を、このお金で買うんですよ。そ

ういったあとで、このことは、絶対に、内緒にしておいてくださいね。別に、犯

罪に使うわけじゃないんだから。そういって、彼女は、五千万円の現金を持っ

て、帰ったそうなんだ」

「世界に一つしかない宝物を、五千万円で買うのか？」

「ああ、そうだ。女性秘書は、そういったと、支店長は、話している」

「それで、支店長は、何を、心配しているんだ？」

「支店長は、こういっている。ひょっとすると、これは、誘拐事件で、アドベン

チャー・ジャパンの、大日向代表か、あるいは、代表の子供か、誰かが誘拐され

てしまった。その身代金として、五千万円を、払おうとしているんじゃないの

か？　そうだとすると、このことを、黙っているのは、まずいのではないかと、支店長は心配しているんだよ。刑事の君に相談するのだが、この五千万円の件を、どう思うね？　支店長が、心配しているような、誘拐事件に絡んだ身代金だと、思うかね？」

「五千万円の身代金か」

十津川は、すぐには返事をせず、ゆっくりと、コーヒーを口に運んだ。

「私には、その五千万円が、誘拐事件の身代金だとは、思えないね」

間を置いて、十津川が、いった。

「どうして、そう思えるんだ？」

「アドベンチャー・ジャパンは、会員数が、一万人を超えていると豪語しているが、これはちょっと怪しいと、思っている。アドベンチャー・ジャパンが、財団法人として、うまく、機能しているかどうかもわからないんだ。詐欺集団だという者さえいる。しかし、今のところ、それは証明されていないし、かなりの金を集めていることは、わかっている。何十億、何百億ともいわれているんだ。もし、誰かが、アドベンチャー・ジャパンの代表なり、有力者なりを誘拐して、身代金を要求したら、五千万円ではなくて、少なくとも、億単位の金を要求するるんじゃないのかね？　アドベンチャー・ジャパン自身が、今もいったように、会員数を誇っていたり、資金がたくさんあると、自慢しているんだからね。五千万円は確かに大金だが、アドベンチャー・ジャパンを敵に回して、身代金を、要求しようというのなら、もっとふっかけるはずだと、私は、思っているんだ」

「なるほどね」

感心したように、田口が、うなずく。

「それにだ、もし、誘拐事件が発生しているのなら、大日向代表の女性秘書が、わざわざ現金を、銀行に取りになんか、現れないよ。誘拐事件なら、密《ひそ》かに、犯人と取り引きをしなければならないから、五千万円を届けるようにと、連絡してくるはずだ。それをわざわざ、秘書が、取りにきたということは、誘拐事件でないことを、暗に示していると、私は思うね」

「じゃあ、何のために五千万円を、引き出したと思うかね？」

「五千万円を取りにきた、織田澤という女性秘書が、いっているじゃないか。五千万円で世界に、一つしかない宝を買うって」

「君は、女性秘書の言葉を、そのまま信じるのか？」

「あぶく銭が貯まると、人間というものは、おかしなものでね。やたらと高いものを、買いたくなるんだよ。世界の名画を集めたり、骨董品を買ったり、あるいは、日本に一台しかないような、高価な車を買ったりね。たぶん、アドベンチャー・ジャパンの大日向代表も、大金が集まったので、新宿西口公会堂で講演をしたり、高価なものを、買おうとしているんじゃないのかな？　だから、M銀行四谷支店の支店長には、安心するように、いってほしいね」

十津川が、田口に、いった。

2

十津川は、捜査本部に帰ると、上司の三上本部長に、田口からきいた話を、そのまま伝えた。

「これは、支店長が心配しているような、誘拐事件の身代金ではないと、私は確信しています」

「じゃあ、君は、何のために、アドベンチャー・ジャパンが、五千万円もの大金を、突然、引き出したと思うのかね？」

「例の金印だと、思うんですよ」

「金印？」

「大日向代表が、新宿西口公会堂での講演会の時、いっていたじゃありませんか？　日本には、今、漢委奴国王の金印があるが、もう一つ、絶対になければならないのが、邪馬台国の卑弥呼が、魏に使節を送った時、魏の皇帝からもらったに違いない、親魏倭王の金印である。それがあるはずだと考えて、博多湾の底を調べ続けて、やっと、見つけた。ところが、その金印を、アドベンチャー・ジャパンにいた渡辺孝という男に、奪われてしまった。講演会で、大日向代表は、そういっているんです。たぶん、渡辺孝が、大日向代表に連絡をしてきて、盗んだ親魏倭王の金印を、五千万円で売る、といったんじゃないでしょうか？　大日向代表は、急いで、五千万円を、M銀行四谷支店から、引き出した。私は、そんなふうに、考えているんです。大日向代表は、内密に買い戻そうと、思っているんでしょうが、四谷支店の支店長が、てっきり、誘拐事件の身代金だと心配して、私の友人の新聞記者に、相談してしまった。それで、この話が、私の耳に入ってきたんですが、間違いなく、親魏倭王の、金印の買い取りですよ」

「君が、その五千万円を、誘拐事件の身代金ではないと思う、確かな理由をききたいね」

慎重に、三上本部長が、きいた。

「友人の新聞記者にも、いったのですが、アドベンチャー・ジャパンは、会員数一万人を誇り、いろいろな事業をするための、豊富な資金を持っていることを、あちこちで自慢しています。これが、誘拐の身代金ならば、犯人は、五千万円ではなくて、一億円、あるいは二億円と、億単位の金を、アドベンチャー・ジャパンに、要求したはずだと思うのですよ。だから、私は、誘拐事件の身代金だとは、思っていないのです」

「しかし、金印を盗んで、今度は、それを元の持ち主に、売りつけようとしているのが、渡辺孝という男だとしてもだ、彼は、アドベンチャー・ジャパンが、金を持っていることをしっているわけだから、誘拐事件のように、一億、二億という億単位の金を、要求しても、おかしくはないじゃないかね？」

「もちろん、今、本部長がいわれたことも、充分に考えられます。しかし、金印を盗まれたアドベンチャー・ジャパンの大日向代表は、犯人のことを、よくしっているわけです。そして、盗んだものを買い取れと、いってきているわけですから、大日向代表も、相手を、警察に通報するぞと、脅かせるわけです。何しろ、相手は、金印を盗んだ上に、大日向代表の言葉を信じれば、三人もの人間を、殺しているわけで、渡辺孝もびくついているわけです。そう考えれば、億単位の金を要求されても、五千万円に、値切れることになります。たぶん、五千万円が、落としどころに、なったんじゃないでしょうか。それぐらいの金額ならば、お前の盗んだものを、買い取ってやる。そんなふうに、大日向代表は、渡辺孝に、いったのではないかと、思っているのです」

「それで、今回、われわれは、どう動いたらいいと、思っているのかね？」

「あくまでも、五千万円が、奪われた金印の売買のための金と、考えてのことですが、われわれは、アドベンチャー・ジャパンの動きを、注意して見守り、五千万円で、渡辺孝から、金印を買い取るところを、押さえようと、思っているのです。現場を押さえて、渡辺孝を逮捕する。そうすれば、渡辺孝が、本当に殺人犯なのかどうかも、わかってくるでしょうし、アドベンチャー・ジャパンの、大日向代表がおこなった、新宿西口公会堂での講演が、真実でなければ、それも、明らかにすることができると、考えているのです」

このあと、十津川は、担当の刑事たちを集めて、これからどうするかを、話し合った。

「私の推測が当たっていれば、アドベンチャー・ジャパンは、渡辺孝から、盗まれた親魏倭王の金印を、五千万円払って、取り戻そうと、考えているはずだ。その取り引きの現場を押さえて、渡辺孝を逮捕し、今回の連続殺人事件を、一挙に解決したいと、思っている」

「しかし、渡辺孝も、この取り引きは、絶対に内密にして五千万円を手に入れ、自分が捕まらないようにすると、思うのですよ。アドベンチャー・ジャパンのほうも、この取り引きを、警察にしらせたりはしないと、思うのですが、そうなると、取り引きの現場を押さえるのは、かなり難しいのではありませんか？」

亀井刑事が、十津川に、いった。

十津川は、うなずいて、

「そのとおりだ。私も、同じように考えている。したがって、この取り引きは、誘拐事件の身代金の支払いと、同じようになるはずだ。しかも、誘拐事件では、被害者が警察に相談してくるケースがほとんどだが、今回のケースについていえば、絶対に、アドベンチャー・ジャパンのほうは、警察には、相談してこないだろう。そのことも、考えておく必要がある」

「それで、どうしますか？」

西本刑事が、きいた。

「われわれとしては、アドベンチャー・ジャパンの動きを、徹底的にマークする。特に、大日向代表と、秘書の織田澤という女性の動きを、マークするんだ」

「ほかに、マークする必要のある人間は、いますか？」

これは、日下刑事が、きいた。

「問題の金印を盗んだのが、渡辺孝としてだが、彼は、今、五千万円で、問題の金印を、アドベンチャー・ジャパンに、売りつけようとしている。しかしだ、渡辺孝は、ほかの人間、あるいは、組織などにも、金印を、売りつけようと、していたのではないだろうか？　金を持っていて、日本の古代史に、興味があるような資産家、あるいは、どこかの博物館などに、売りつけようとしていたんじゃないかと思う。これまでに、渡辺孝が、親魏倭王の金印を売ろうとした人間、あるいは、組織がわかれば、それをしりたいね」

刑事たちは、いっせいに捜査本部を出て、アドベンチャー・ジャパンの、大日向代表と、女性秘書の織田澤芙蓉の動きを、監視することになった。

十津川は、三田村刑事と、北条早苗刑事の二人には、渡辺孝が、問題の金印を、アドベンチャー・ジャパン以外に、売りにいったところはないかどうかを、急いで調べさせることにした。

結果は、なかなか、出なかった。

アドベンチャー・ジャパンは、これといった動きを見せていないし、大日向代表も織田澤秘書も、同じように、目立った動きを見せなかった。

このことは、まだ、取り引きが、おこなわれていないからだと、十津川は、考えることにした。

三田村刑事と北条早苗刑事のほうは、簡単に、結果を、十津川にもたらした。

三田村刑事が、最初にしらせてきたのは、世田谷区内に、最近オープンした日本歴史記念館のことだった。

株の取り引きで、巨万の富を築いた矢野透《やのとおる》という、六十五歳の男が、私財でオープンした記念館だった。そこに、渡辺孝が、例の金印を持って、姿を現したというのである。

十津川は、すぐ、その日本歴史記念館に向かった。

3

金がかかったと思われる、立派な日本歴史記念館だった。

古代、中世、近代とわかれて、展示品が、飾られている。

十津川は、館長の矢野透に会って、話をきいた。

「ここに、渡辺孝という男が、三世紀に、中国の魏の皇帝から、邪馬台国の卑弥呼がもらったという金印を、売りにきたそうですね?」

十津川がきくと、矢野透は、にっこりして、

「そうなんですよ。館内をご覧になると、わかると思うのですが、古代の展示品が、ほかの時代に比べて、少ないんですよ。それが、前から気になっていましてね。そこへ、魏の皇帝から贈られた、例の親魏倭王の金印が、展示できれば、これ以上の売り物はないと、思いましてね。それで、会ったんです」

「その男が、渡辺孝だと、名乗ったのですね?」

「一応、本人かどうかが、しりたくて、身分を証明できるようなものを、持っているかときいたら、相手は、運転免許証を見せましてね。それには、間違いなく、渡辺孝とあったんです」

「それで、渡辺孝は例の金印を、館長であるあなたに、見せたわけですね?」

「ええ、そうです。かなり小さなものでしたが、興奮しましたよ。これが、うちの日本歴史記念館の、売り物になるかもしれないと、思いましたからね」

「しかし、買わなかった。そうですね？」

「ええ、買いませんでした」

「どうして、買わなかったんですか？　値段が高すぎたんですか？」

「本物の金印であれば、一億円、いや二億円出しても、別に惜しくはない。そう思いましたよ。だから、金額については、向こうのいい値で、買うつもりでした」

「しかし、購入されなかった。どうしてですか？」

「金印を持ってきた、渡辺孝という人間ですが、彼は、一億円ほしいといいました。それで私は、それなら安いものだと、思いましたよ。ただし、うちとしては、記念館に、偽物は飾りたくない。だから、これが本物の、魏の皇帝から、邪馬台国の卑弥呼に贈られた金印であることに、間違いないという証明がほしい。そういったんです」

「そうしたら、相手は、何といったんですか？」

「証明は難しいと、そういうんですよ。確かに、三世紀の、金印ですからね。例の志賀島で発見された漢委奴国王の金印だって、いまだに、あれは、偽物だという人がいるくらいですから。だから私は、いったんです。確かに、証明するのは、難しいかもしれないが、誰か、権威のある人に、これが間違いなく、邪馬台国の卑弥呼に、贈られた金印である。そう一筆書いてもらって、それを、持ってくれれば、私は喜んで、一億円で買おう。そういったんです。そうしたら、渡辺孝は、じゃあ、あなたが、納得するような、有名な先生を見つけて、一筆書いてもらってきますよ。そういったんですけどね、その後、まだ、姿を現していませんね」

「渡辺孝が、金印を、持ってきたのは、いつのことでしたか？」

「確か、一カ月ほど前ですよ」

「先だって、アドベンチャー・ジャパンというグループの、大日向という代表が、新宿西口公会堂で講演をしました。自分が、博多湾で、親魏倭王の金印を発見した。しかし、自分のところで働いていた、渡辺孝という男に盗まれた。その上、この渡辺孝は、殺人犯でもある。そんな内容の講演を、したのですが、この講演のことは、ご存じでしたか？」

「ええ、もちろん、しっていましたよ。あの講演で、大日向という人は、問題の金印のことについて、触れていましたからね」

「それでも、あなたは、渡辺孝という男を、信用して、本物なら、彼から金印を購入しようと思ったのですね？」

「ええ、もちろんです」

「講演会で、渡辺孝という男が、金印を盗んだ上に、人まで殺している。そんなふうに、いわれているんですが、それでも、あなたは、彼から、買うつもりだったのですか？」

十津川が、いうと、矢野透は、笑って、

「警部さん、私はね、こう考えているんですよ。金印を持ってきた、渡辺孝という男が、人殺しかどうか、私にはわかりません。アドベンチャー・ジャパンの、大日向代表の話だって、本当かどうかわかりませんしね。そんなことよりも、私には、三世紀の、問題の金印が手に入って、この記念館に飾れるかどうか、そのほうが、大事なことなんです。警察の方に、こんなことをいうのは、おかしいというか、不謹慎かもしれませんが、金印を持ってきた人間が、殺人犯であろうが、なかろうが、そんなことは、どうだっていいんです。関係ないことなんですよ。それより何より、その金印が本物でありさえすれば、それでいいんですよ」

と、いった。

「渡辺孝は、ここ以外にも、問題の金印を売りこみにいったと、矢野さんはお考えですか？」

十津川が、きくと、矢野透は、

「当然でしょうね。私が彼ならば、当然、売りに回りますよ。一番いい値段で買ってくれるという人に、売りますね。世の中の常識というのは、そういうものじゃありませんか？」

「渡辺は、あなた以外の誰のところに、売りにいったと、思われますか？　もし、それが、わかれば、教えていただきたいのですが」

「そうですね。買いそうな人間がいるとすると、やっぱり、神田《かんだ》さんじゃないのかな？」

「神田さんというのは、どういう人ですか？」

「私の昔からの友人で、医療機器を製造・販売している会社の、社長さんなんですがね。六十歳になった時、息子さんに、会社をそっくり譲って、今は、悠々自適の生活を送っているんですが、珍しいものがあると、大金を惜しまず買い取って、自分の私設博物館に、展示しているんです。この世界では、かなり、有名な人だから、あの渡辺孝という男も、おそらく、神田さんのところに、持っていったのではないかと、思いますね」

「その神田さんという方は、どこにお住まいなんですか？」

「確か、調布《ちようふ》の深大寺《じんだいじ》に自宅があり、その敷地内に、私設博物館を、造っているはずですよ」

と、矢野透が、教えてくれた。

十津川は、三田村と北条早苗の二人に、渡辺孝の動きを、調べるようにいってから、ひとりでパトカーに乗り、調布市深大寺に、向かった。

神代《じんだい》植物公園の近くに、問題の家があった。

大きな日本家屋で、広い庭のなかに、私設の博物館が、造られていた。

十津川は、神田に会うと、矢野透に紹介されたことを告げ、

「ひょっとすると、こちらにも、渡辺孝という男が、親魏倭王の金印を、売りこみにきませんでしたか？」

と、きいてみた。

六十歳をいくつかすぎた神田は、にっこりして、

「ええ、その男なら、きましたよ」

「いつ、こちらに、きたんですか？」

「そうですね、一カ月くらい前だったかな」

おそらく、矢野透のところにいった前かあとに、こちらに寄ったのだろう。

「渡辺孝の様子は、どんな感じでしたか？」

「そうですね。落ち着いていましたよ」

「不安げな様子は、見えませんでしたか？」

「そんなものは、まったく感じませんでしたねえ」

「そうですか。それで、彼は、問題の金印を、あなたに見せたんですか？」

「ええ、見せてくれましたよ。感動しましたよ。ああ、これが問題の、金印かと思いましてね」

「それで、あなたには、いくらで、売るといったのですか？」

「五千万円、そういいましたよ」

「五千万円ですか？　一億円とは、いいませんでしたか？」

「五千万円でしたけど、刑事さんはどうして、一億円ではなかったかと、おっしゃるのですか？」

「あなたのお友だちの、矢野さんのところにも、問題の金印を、売りにいっているんですが、その時、渡辺孝が、矢野さんに、提示した金額というのは、一億円だったそうです。それなのに、どうして、あなたには、半分の値段を、いったんでしょうか？」

十津川が、首をかしげると、神田は、笑って、

「たぶん、こんな理由じゃありませんか？　私が、世界に一つしかない金印なのに、五千万円などという、そんな、安い金額で、本当にいいのかねと、きいたのですよ。そうしたら、彼は、こう答えました。実は、自分は、考古学の専門家を、まったくしらない。本当は、誰か、ちゃんとした専門家に、鑑定してもらって、正真正銘の、本物であることを証明してもらい、億単位で売りたいんだけど、それができないから、証明書はつかない。それでもよければ、五千万円で売ると、彼は、そういったんです」

「証明書なしで、五千万円ですか？　あなたは、それでも、買おうと思ったんですか？」

「ええ、もちろん、買う気でしたよ。ただし、五千万円の現金が、すぐには用意できないので、二、三日、待ってもらえないか？　五千万円を揃えておくから、もう一度、ここにきなさい。そういって、帰したのですが、もう、一カ月も経っているのに、まだ、あの男は現れませんね。ひょっとすると、ほかに、うまい買い手が、ついたのかもしれませんよ。日本の古代史に興味があって、それでお金

を持っている人なら、誰だって喜んで、一億円でも二億円でも出して、買うと思いますからね」

「問題の金印が、本物かどうかを、鑑定してくれるような人を、しっていらっしゃいますか？」

十津川が、きくと、神田は、少し考えてから、

「そうですね。私が信用できるのは、京都の国立大学の原口《はらぐち》教授ですかね。原口先生なら、古代史の研究家として有名だし、あの人が証明してくれれば、私は、信用するし、喜んで一億円でも二億円でも出して、あの金印を、買ったと思いますよ」

「京都の原口教授ですか？」

「ほかにも二、三人、権威のある先生を、しっているんですが、私としては、原口教授の証明書さえあれば、もうほかには、何も要らないですね」

神田は、きっぱりと、そういった。

4

一日経った。

しかし、依然として、アドベンチャー・ジャパンというグループにも、大日向代表にも、そしてまた、秘書の織田澤芙蓉にも、これといった動きは、見られなかった。

おそらく、渡辺孝が、用心深く動いているのだろう。アドベンチャー・ジャパンの大日向代表の話を信じれば、渡辺孝は、問題の金印を盗んだ犯人であり、しかも、三人もの古代史に関心のある人間を、殺した殺人犯である。

その殺人については、真偽のほどはまだわからないが、少なくとも、渡辺孝が、親魏倭王の金印を盗んだことは、間違いないだろう。そして今、その金印を、大日向代表に、売りつけようとしている。

渡辺孝にしてみれば、いつ、警察に、通報されてしまうかわからないのだから、用心の上にも用心深く、行動しているのだろう。

一方、大日向代表のほうは、何とかして、金印を取り返したいから、警察には、絶対にいわないと、渡辺孝に対しては、約束しているはずである。

しかし、金印を、取り返したあとは、警察に、渡辺孝を、突き出す気かもしれない。

渡辺孝も、そうした危険性は、充分に承知しているのだろう。だから、お互いに、警戒し合い、牽制し合っているに違いない。

二日経って、やっと、動きが見えた。

捜査本部にいた、十津川と亀井のところに、西本刑事から、連絡が入った。

午後二時十六分。

「今、アドベンチャー・ジャパンの本部前にいます」

と、西本が、いった。

「何か、動きがあるのか？」

十津川が、きいた。

「白いベンツのリムジンが、本部に入っていきました。ナンバープレートの番号は、1××2です」

「大日向代表の車が、本部に入ってきても、別におかしいことは、ないだろう。そこが、本部なんだから」

「そうなんですが、実は今、本部に、大日向代表は、いないんですよ。確か、講演で、九州にいっているはずで、明日にならないと、帰ってこないんです。それなのに、代表の使う、ベンツのリムジンが、なぜ今、本部に入ってきたのか、私には、わかりませんね。誰かほかに、乗る人がいるんでしょうか？」

「大日向代表は、本当に、九州にいるのか？　間違いないんだろうね？」

「間違いありません。明日、九州から帰ってくるそうです」

「大日向代表が、九州にいるとなると、例の女性秘書も、当然、九州にいるんだろうね？」

「それがですね、織田澤芙蓉は九州ではなく、現在、本部にいるんですよ」

「今、本部にいるって？　おかしいじゃないか。あの女性秘書は、いつも、大日向代表と一緒に、いるんだよ。新宿の講演会の時だって、彼女は、大日向代表と、一緒だったんだ」

「確かにそうなんですが、今日は間違いなく、織田澤芙蓉は、本部のなかにいますね」

「すると、現在、九州にいる、大日向代表には、ほかの秘書が、つき添っている、ということになるのか？」

「そうだと、思います」

「すぐ、どんな秘書が一緒に、九州にいっているのかを調べて、わかったら報告してくれ」

十津川が、いった。
十二、三分すると、また、西本から、電話が入った。
「先ほどの件ですが、わかりました。現在、九州にいっている、大日向代表についている秘書は、伊藤慶吾《いとうけいご》という三十歳の男性でした」

「どうして、いつも一緒にいるはずの、織田澤芙蓉という女性秘書が、今回に限って、九州にいかなかったのか、その理由はわかったかね？」

「それとなくきいてみましたが、今回の九州行は、大した用事ではない。それで、いつもの、織田澤秘書は同行しなかった。そんな説明でしたね」

「それだけかね？」

「そうですが、警部は、何かほかにも、理由があると、お考えですか？」

「ああ、そうだ。確かに、九州の仕事が、軽いものだから、いつもの女性秘書を、同行させなかったというのはわかる。しかし、ほかにも、何か理由があるんじゃないか？　そんな気がして、仕方がないんだよ」

「わかりました。では、もう一度、調べてみます」

そういって、西本は、いったん電話を切り、十五分ほどすると、十津川の携帯に、また電話をかけてきた。

「どうも、はっきりとした理由を、いわないのですが、いろいろと調べてみたら、どうやらもう一つ、警部がいわれたような理由が、ありそうですね。東京で、何か、大事な用事があるらしくて、そのために、織田澤芙蓉という女性秘書を残して、男の秘書を、連れていった。それが真相らしいのです」

「ひょっとすると、今日、例の取り引きが、あるのかもしれないな。その取り引きのために、大日向代表は、織田澤芙蓉という、信頼できる女性秘書を、東京に残したんじゃないのか？」

「例の取り引きというと、親魏倭王の金印ですか？」

「もちろんだ。おそらく、大日向代表が、九州にいったその時点で、秘書の織田澤芙蓉と取り引きすると、話ができていたんじゃないのか？　この推理が当たっているとすれば、間違いなく、取り引きは、今日だ」

十津川が、断定した。

電話を切ると、十津川は、そばにいた亀井に向かって、いった。

「さあ、われわれも出かけようじゃないか」

5

十津川と亀井の二人は、アドベンチャー・ジャパン本部が見える場所に、急行した。

先にきていた、西本と日下が、二人を迎える。

「まだ、本部には、動きがありません」

西本が、十津川に、いった。

十津川は、腕時計に目をやった。

現在、午後四時五分前。

「大日向代表の車、ベンツのリムジンだが、本部に入ったままか?」

「ええ、そうです。まだ、出てきていません」

「今日、例の取り引きがあるとすれば、そのリムジンが、使われるはずだ」

「警部はどうして、そう、思われるのですか?」

「おそらく、犯人のほうから要求したんだろう。問題のリムジンは目立つから、確認しやすい。だから、それに乗って五千万円を持ってこい。そういう連絡が、あったんじゃないかな」

6

午後四時ジャスト。

アドベンチャー・ジャパン本部から、例の、白いベンツのリムジンが、ゆっくりと出てきた。確かに目立つ。運転しているのは、織田澤芙蓉という、例の女性秘書だった。

「いよいよ、取り引きが、始まるのかもしれないぞ。あのリムジンを、絶対に見失うな。まず、西本、日下の二人が、覆面パトカーで尾行。それをまた、私と亀井刑事が、尾行する」

口早に、十津川が、指示を与えた。

十津川の、指示どおりに、まず、西本と日下の乗った覆面パトカーが、ベンツのリムジンを尾行する。少し間隔を置いて、十津川と亀井の乗った、覆面パトカーが続いた。

先行する西本たちから、十津川に、連絡が入ってくる。

「現在、国道一号線を、南に向かって、走っています。スピードは六十キロ」

四十分後、西本の連絡によれば、ベンツのリムジンは、海沿いの道、いわゆる、湘南《しょうなん》道路を南に向かって走っていた。すでに、神奈川《かながわ》県に入っている。

「どこまでいく気ですかね？」

運転している亀井が、十津川に、いった。

「わからんな。この取り引きは、誘拐と同じなんだ。犯人のほうだって、安全だとわかるまでは、姿を現そうとは、しないだろう」

「誘拐されたのは、例の金印ですか？」

「犯人も、そう思っているだろうし、金を払うほうも、そう思っているんだ」

五時四十分。

鎌倉《かまくら》近くの、海に面した、レストランの前で、ベンツのリムジンが、停車した。

西本と日下も、わざと、少し離れた場所に、覆面パトカーを、駐めた。

ベンツのリムジンから、運転していた織田澤芙蓉が、小さなボストンバッグを提《さ》げて、降りてくると、レストランに、入っていった。

続いて、十津川と亀井の二人の乗った、覆面パトカーも、到着した。

「五分前に、織田澤芙蓉が、小さなボストンバッグを提げて、あのレストランのなかに入っていきました。ボストンバッグのなかには、おそらく、五千万円が入っているものと、思われます」

十津川は、十五メートルほど先にある、レストランに、目をやった。

まさか、織田澤芙蓉は、食事をするために、ここに、立ち寄ったのではないだろう。間違いなく、犯人の指示で、立ち寄ったに、違いないのだ。

「ここで、五千万円を、渡すつもりでしょうか?」

「それを、私が確認してくる。その間、レストランを、見張っていてくれ」

十津川は、サングラスをかけると、ひとりでレストランのなかに、入っていった。レストランのなかには、五、六人の客がいた。そのなかに、織田澤芙蓉の姿もあった。

ひとりで、テーブルにつき、その上にボストンバッグを置き、コーヒーを飲みながら、海を眺《なが》めている。

十津川は、しばらくの間、離れたテーブルから、その様子を眺めていた。犯人は、ここで、取り引きをする気なのか?

しかし、いくら店内を、見回しても、渡辺孝の姿はなかった。

十津川は、コーヒーを注文した。

五分、十分。

一向に、織田澤芙蓉が、容疑者の渡辺孝と、接触しそうな気配はない。

十津川は、携帯電話を使って、亀井に連絡を取った。

「織田澤芙蓉は、テーブルの上に、五千万円入りのボストンバッグを置いて、コーヒーを飲み、ケーキを食べているよ。しかし、店内に、渡辺孝のいる気配はない」

五十分経った。

亀井が心配して、レストランのなかに入ってくると、十津川のテーブルに、腰をおろした。

織田澤芙蓉は、相変わらず、ゆっくりと、コーヒーを飲みながら、少しずつ暗くなっていく海を眺めている。

「彼女、何をしているんですかね？　辛抱強く、犯人が、やってくるのを待っているんでしょうか？」

「ほかには、考えようがないんだが、いつまで待つつもりなのかな」

さらに、三十分が経った。

その時、十津川の携帯電話が鳴って、出てみると、

「やられました」

と、携帯電話の向こうで、西本が、叫んでいる。

「何がやられたんだ？」

「今、男が、リムジンを運転して逃げたんです。これから追いかけますが、猛烈なスピードなので、追いつけるかどうかは、わかりません」

「車を運転して逃げたのは、誰なんだ？」

「男だということは、わかりますが、サングラスをかけていましたので、顔はよくわかりませんでした」

「そいつは、渡辺孝なんじゃないのか？」

「わかりませんが、とにかく、追いかけます」

西本が、叫んでいる。

十津川は、立ちあがると、織田澤芙蓉の座っているテーブルまで、歩いていった。

「警察の者ですが、何をしているんです？」

いきなり、十津川が、彼女にきいた。

織田澤芙蓉は、えっという顔になり、

「別に、何もしていませんわ。ただ、このレストランが気に入ったから、コーヒーを飲みながら、ケーキを食べているんですけど、それが、法律に触れるのかしら？」

「いつまで、ここで、粘《ねば》っているつもりなんですか？　犯人に、携帯電話で指示されて、このレストランに、入ったんじゃないんですか？」

「どうして、そんなことを、しなくてはいけないんですか？」

「ここで、例の金印を、五千万円で、買うつもりじゃ、なかったんですか？」

「どうして、そんなこと、していらっしゃるの？」

織田澤芙蓉が、逆に、質問した。

「理由はいえませんがね。今、犯人と思われる男が、あなたの乗ってきた、ベンツのリムジンを運転して、逃げましたよ」

十津川が、いうと、織田澤芙蓉は、急に小さく笑って、

「そうですか。逃げたんですか」

「ええ、逃げたんですよ。それなのに、あなたはどうして、そんなに、落ち着いていられるのですか？」

「そんなことは、私の勝手」

そういって、彼女は、ボストンバッグを、持って立ちあがると、レジのところまでいって、そこにいた、ウェイトレスに、

「車が盗まれたので、タクシーを呼んでくださいね。東京まで帰りたいの」

落ち着いた声で、いった。

十津川は、いきなり、彼女が持っている、ボストンバッグを奪い取った。

「何をするの!」

と、彼女が、叫ぶ。

その声に構わずに、十津川は、バッグを、強引に開けた。

なかに入っていたのは、五千万円ではなく、古雑誌だった。

7

「やられたよ。癪に障るから、車に戻ろう」

十津川は、亀井にそういって、店を出て、車に向かった。

店の近くに駐めておいた、覆面パトカーに戻ると、十津川は、また、忌々《いまいま》しげに、

「出し抜かれた。われわれが、見張っているのをしっていたんだ。しっていて、一芝居《ひとしばい》打ったのさ」

「つまり、このレストランの前の駐車スペースで、取り引きをしたということですか？」

「最初から、五千万円は、ほかのボストンバッグにつめて、ベンツのリムジンに、置いてあったんだ。古雑誌をつめたボストンバッグを、これ見よがしに持って、あの女性秘書が、レストランに入っていった。そして、彼女はゆっくりとコーヒーを飲み、ケーキを食べた。そして、犯人が、あのベンツのリムジンを運転して、逃走したんだ。五千万円と一緒にね」

「そうすると、例の金印は、どうなるんですか？」

「たぶん、五千万円が、手に入ったら、おとなしく、渡辺孝が盗んだ金印を、アドベンチャー・ジャパンに、返すことになっているんだろう」

十津川は、携帯電話を取り出すと、西本たちに、かけてみた。

「どうなっている？」

と、きくと、西本の声が、

「残念ですが、ベンツのリムジンを、見失ってしまいました」

「もういい。帰ってこい。それから、緊急に捜査会議を開く」

十津川たちは、怒ったような口調で、いった。

その席で、十津川は、三上本部長に、いった。

「連中は、われわれが見張っているのをしっていて、一芝居を打ったのです。われわれの目の前で、まんまと、五千万円を渡したんですよ。悔しいが、やられました」

「確かに、やられたらしいが、しかし、なぜ連中は、そんな、面倒くさいやり方をしたんだろう？」

三上が、十津川に、きいた。

「親魏倭王の金印を盗んだ渡辺孝が、五千万円で買えと、アドベンチャー・ジャパンに、要求したんでしょう。だから、大日向代表は、五千万円を用意した。それを、われわれ警察に、気づかれてしまった可能性があったので、簡単には五千万円で、金印を買うわけにはいかなくなった。そこで、われわれを騙すような形で、一芝居を打ったんですよ。犯人の渡辺孝も、アドベンチャー・ジャパンの連中も、今頃、してやったりと、快哉《かいさい》を叫んでいるんじゃありませんか？」

「これから、どうしたらいいと、思うのかね？」

三上が、十津川に、きいた。

「まんまと騙された、仕返しをしてやらなければ、気がすみません」

十津川にしては、珍しく、怒りをこめて、いった。

翌日になると、アドベンチャー・ジャパンの名前で、車の盗難届が出された。

例の真っ白な、ベンツのリムジンの、盗難届である。

亀井が、苦笑して、

「自分のほうから盗ませておいて、今度は、盗難届ですか」

「そうしておけば、自分たちのやったことが、正当化されると、思っているんだ」

「今日、アドベンチャー・ジャパンの大日向代表が、九州から、帰ってきますよ」

「たぶん、今頃、いや、昨日の夜のうちに、織田澤芙蓉から、電話でしらされているんじゃないのか？　うまくいったと、わかっているから、おそらく、にこにこしながら、大日向代表は、帰ってくるはずだ」

「どうします？」

「どうしようかね」

と、十津川が、いった。

第五章　深まる謎

1

東京の捜査本部で、何回目かの、捜査会議が開かれた。

その席上、十津川は、現在までの捜査を総括し、進行状況を説明した。

「今回、誘拐事件と同じ方法を使って、アドベンチャー・ジャパンが、渡辺孝に五千万円を支払い、奪われていた親魏倭王の金印を、買い戻したことは、明らかです。この五千万円のやり取りは、誘拐事件の身代金の受け渡しと同じで、型にはまっていて、驚くようなところは、まったくありません。ただ、現時点で、考えなければならない問題点が、三つあります。その三点について、これから、明らかにしていきたいと思います。第一は、アドベンチャー・ジャパンが、なぜ、渡辺孝の要求に対して、身代金と同じ形で五千万円を払い、人質の親魏倭王の金印を、取り返したのかと、いうことです。この点を私は、問題にしたいと思います。明らかに、渡辺孝のほうから、アドベンチャー・ジャパンの大日向代表に対して、取り引きの、連絡があったとしか思えません。それで、五千万円が支払われ、親魏倭王の金印が、アドベンチャー・ジャパンに戻ったわけです。しかし、考えてみれば、こんな方法を取らなくても、渡辺孝の指示する口座に、五千万円を振り込み、金印を取り戻せばいいのです。それなのに、なぜ、誘拐事件まがいの方法を、取ったのでしょうか？　それが、第一の、疑問です。第二は、最初の殺人、東京で殺された、京都のK大の助教授、浅井直也の件です。助教授というのは、法律が変わって、この四月からは准教授と呼ぶそうです。とにかく、日本の古代史を研究しているこの助教授の他殺体が発見された現場は、木村利香という、女性のマンションでした。彼女は、いまだに、その行方が、わかりません。彼女は、この事件について、どんな役割を担っていたのか？　そして、なぜいまだに、見つからないのか？　これが、第二の問題であります。そして、第三は、今回の事件で、三人の男女が殺されています。しかも、三人とも首を切られた、いわゆる首なし死体で発見されたのです。最初に、東京で発見された、浅井直也の死体も、首がありませんでした。二人目の被害者は、京都の鞍馬で殺されていた稲川友之です。同じく、首なし死体で発見されました。稲川友之は、四十五歳で、日本古代史研究会のメンバーでした。彼と二人で古代史を研究し、一緒に本も出している、小山多恵子という女性がいたのですが、九州の太宰府の近くで死体になって発見され、彼女の場合も、首がありませんでした。なぜ、犯人は、三人の男女を殺し、首を切り落として、首なし死体にしたのか？　ここで私が問題にしたいのは、その首のことです。最近になって、東京湾で、浅井直也の首が発見されました。しかし、稲川友之と小山多恵子の首は、発見されていません。バラバラ事件は、昔も今も、起きていますが、たいてい時間が経つと、首が発見されたり、両腕や両脚が、発見されたりするものです。今回の一連の事件では、浅井直也の首は、発見されましたが、ほかの二人の犠牲者の首は、依然として、いまだに発見されていません。なぜ、三人のうちのひとりの首が、東京湾で発見されたのに、残りの二人の首が、発見されないのか？　バラバラ殺人事件における、犯人の目的は、普通、三つ考えられます。第一は身元を隠すため。第二は、死体を運ぶのが大変なので、バラバラにして軽くする。第三は激しい憎悪です。この三つ以外には、考えにくいのです。今回の、連続殺人事件の場合も、犯人の目的は、同じだと考えられますが、第一の目的である、身元を隠すためという理由は、簡単に三人の身元が割れてしまったことを考えると、犯人の目的ではなかったように思えます。第二は、死体を運ぶのに不便なので、首を切り落としたのではないかということです。しかし、胴体はそれぞれの現場に置きっぱなしでした。第三の目的、憎悪についても、現場の様子から、考えにくいのです。第一の被害者である浅井直也の首は、発見されましたが、あとの二人の首は、依然として、発見されていません。このことが、私にとって、大きな謎なのです。私は、この疑問が解けた時に、今回の連続殺人事件の謎も、解けるだろうと、期待しているのですが」

2

十津川の説明に対して、三上捜査本部長から、いくつかの疑問が、出された。

「まず第一の疑問だがね」

と、三上が、いう。

「十津川君は、今回の連続殺人事件に関して、まったく、手がかりがないようなことを、いっているが、ちょっと、違うんじゃないのかね？　アドベンチャー・ジャパンの幹部だった、渡辺孝が犯人であると、すでに、大日向代表が告発しているんじゃないのか？　三人の男女が、殺された動機についても、問題の、親魏倭王の金印を手に入れた渡辺孝が、自分が発見したことにしてくれ、という依頼を断った、三人の古代史研究家を、殺したのだ。そして、首を切ったのは、犯人のメッセージにもあったように『自分の意見に反対するような者は、頭が悪い。現実的に、歴史を見ていない』そんなふうに考えて、腹を立て、首を切り取ってしまった。大日向代表の告発を受け入れれば、今回の連続殺人事件は、犯人もわかっているし、動機も、判明している。そうは、考えないのかね？」

「確かに、犯人が、渡辺孝とすれば、一応、辻褄が、合ってきます。さらに、アドベンチャー・ジャパンの、大日向代表の話を信用するとすれば、今回の連続殺人事件は、渡辺孝の、単独犯行ということに、なってきます。そうなった場合、私が申しあげた疑問、つまり、木村利香は、なぜ、行方不明になっているのか？　それに、首を隠す理由は、いったい、何でしょうか？」

「君は、渡辺孝の犯人説には、反対なのかね？　もし、反対だとすれば、その理由を、説明したまえ」

三上が、少しばかり、気色ばんだ顔で、いった。

捜査本部長の、三上にしてみれば、渡辺孝が犯人ということになれば、この事件が解決ということに、なるからである。

「私が、渡辺孝の犯人説に、同意できないのは、今、申しあげた、二つの疑問が残るからです。また、渡辺孝が、犯人だと主張しているのは、今のところ、アドベンチャー・ジャパンの、大日向代表だけなのです。この大日向代表の、証言が正しいかどうかは、渡辺孝を発見して逮捕し、尋問する以外に、明らかには、できないのです。ひょっとすると、大日向代表が、嘘を、ついているかもしれません」

「しかし、大日向代表は、現職の弁護士だよ。弁護士が、こうした、連続殺人事件について、嘘をつくだろうか？」

「確かに、大日向代表は、現職の弁護士です。しかし、彼は、現職の弁護士であると同時に、アドベンチャー・ジャパンという民間団体の、代表なのです。また、彼が、新宿西口公会堂で演説していた内容をきくと、弁護士としてではなく、アドベンチャー・ジャパンという団体の、代表としての面を強く、持っていると思うのです。アドベンチャー・ジャパンにとっては、渡辺孝という個人が、今回の連続殺人事件の犯人であり、また、自分たちが発見した、親魏倭王の金印を盗み、それを今回大金を払って取り返したという事実が、社会的に認められれば、この団体にとって、大きな収穫になる。そう考えると、どこか釈然としないものを、私は感じてしまうのです」

「君の考えはわかった。それで、これからの捜査方針を、どう持っていったらいいと、考えているのかね？」

と、最後に、三上が、きいた。

「今も申しあげたように、この一連の殺人事件には、奇妙な二つの謎がありま す。この二つの謎を何とかして解明したい。それができれば、今回の事件も、自然に解決していくと考えています。本部長がいわれた、容疑者、渡辺孝が、本当の犯人であるかどうかも、自《おの》ずと、明らかになってくる、と思うのです」

と、十津川が、いった。

3

講演から一週間後の四月十八日、アドベンチャー・ジャパンの大日向代表が、記者たちを集めて、今度は、アドベンチャー・ジャパンの本部で、会見を開いた。

その記者会見には、女性秘書の織田澤芙蓉も、顔を出していた。

なぜか、捜査本部にも、案内状がきていたので、この日の午後、十津川は、亀井と二人でアドベンチャー・ジャパンの本部に、顔を出した。

その席上、大日向代表は、嬉しそうに、まず、こう、発表した。

「今回、私たちは、問題の親魏倭王の金印を、犯人の渡辺孝から取り戻しました。その方法については、今は、申しあげられません。これが、その金印です。現在、ガラスケースのなかに入れてありますが、あとで、皆さんで、ご自由に写真を撮ってください。記者の皆さんは、せっかく取り返した金印が、本物かどうかが気になるでしょう。もし、これが、偽物ならば、取り返したところで、何のプラスにもなりませんからね。そこで、私は、お二人の、古代史研究の権威に出席していただくことにしました。今回の記者会見に、喜んできていただいたお二人の方を、ご紹介しましょう。おひとり目は、京都の国立大学で、日本古代史研究の権威と呼ばれている、原口教授です。原口教授の名前は、皆さんもよくご存じのことと思います。もうおひとりの方は、福岡の国立大学で、同じように、古代史を研究しておられる石川《いしかわ》教授です。石川教授は、特に邪馬台国の研究でしられ、数々の賞を、お取りになっていらっしゃる方です。では、両先生どうぞ、こちらに」

大日向代表が、いい、二人の教授が、記者たちに、紹介された。

二人とも、国立大学の教授であり、日本古代史の権威としてしられ、数々の本を出版し、また、いくつもの賞を、受賞していることは、十津川もしっていた。

この二人の権威が、アドベンチャー・ジャパンの、大日向代表の依頼で、こうした、記者会見に出てくるというのは、十津川には意外だった。何といっても、民間団体が開いた記者会見である。

まず、原口教授が、口を開いた。

「私には、ここにおられる大日向代表から、問題の、親魏倭王の金印を見せられた時の感動を、忘れることができません。思わず、身震いをしてしまいました。私も以前から、日本には二つの金印があるはずだと、思っていました。一つは、すでに、志賀島で発見されている、漢委奴国王の金印です。この金印は、奴国の王が、当時の中国の漢に、朝貢した時に、漢の皇帝から、もらったものです。それから、二百年近く経って、有名な邪馬台国の卑弥呼が、当時の中国、これは

『三国志』の時代ですが、魏の皇帝に対して、朝貢しました。このことは、皆さんご存じの『魏志倭人伝』に出ています。当然、漢の皇帝の時と同じように、金印が邪馬台国の使者にも、渡されたはずなのです。当時の中国では、そうすることが、習わしでしたから。その金印が、必ずどこかにあるはずだと、思っていましたところ、大日向代表が、博多湾で発見されたのです。その金印を持って、私のところに、訪ねてこられたのです。今も、申しあげたように、この金印を初めて見た時の、ぞくぞくするような体の震えを、今も忘れられません。ただ、この金印が本物であると、簡単に、断定したわけではありません。いろいろと、文献に当たって、当時の魏の皇帝が、どんな金印を、周辺の国々に渡していたかも、調べました。科学的調査も、入念にやり、その結果、これが本物であると、確信したのです」

原口教授は、このあと、自分が、金印を、本物だと判定した理由について、説明した。

三国時代、中国の金《きん》は、どんなものだったか？　印鑑は、固いものにするため、何パーセントかの銀や銅をまぜていたが、その含有量と、この金印の金は、一致すること。当時、魏の皇帝は、高句麗《こうくり》や、今のベトナムなどにも、金印を贈っているが、その印と型や、書体が一致することなどを、次々に、挙《あ》げていった。

続いて、石川教授が、金印について、説明した。

「私も、今話された、原口教授と同じように、日本には、二つの金印が、あるはずだと、以前からずっと、考えていました。これは、私や原口教授の勝手な推論ではなくて、多くの古代史研究家が、思っていることなのです。皆さんにも、おわかりになると、思うのですよ。最初に、中国に使者を派遣したのは、奴国でした。当時の中国は後漢の時代ですが、漢の皇帝から、使者に対して金印が授けられたことは、奴国の王であることを、当時の最大の国家、漢から、認められたということになります。ですから、奴国の使者も、感激したと思うのです。それから、二百年経った邪馬台国の卑弥呼が、その時は漢が亡《ほろ》びて、三国時代、すなわち魏、呉、蜀の時代に、なっていましたが、そのなかで、一番巨大で、しかも日本に近かった魏に、使者を送ったことは、間違いないし、それは『魏志倭人伝』に出ています。当然、その時は、二百年前の奴国に倣《なら》って、自分が、邪馬台国の王であると証明してもらうように、魏の皇帝に要求したことも、納得できるのです。わざわざ、朝貢してきた邪馬台国の使者に対して、魏の皇帝が、親魏倭王という金印を与えたことは、それが当時の儀礼ですから、納得できるのです。それなのに、この金印が見つかっていない。どこかにあるはずだと、思っていたところ、大日向代表が、博多湾で、発見したといって、そこにある金印を見せられました。私も、その時、原口教授と同じように、体に戦慄《せんりつ》が走ったのを、今でもはっきりと覚えています。これこそ、われわれが、というか、日本人全員が、見つけたいと思っていた、当時の中国から贈られた、金印に間違いないと、私も、確信しました。これは、間違いなく、本物ですよ。そして、長年にわたって、謎とされていた二つの金印が、揃ったのです。江戸時代に見つかった、漢委奴国王の金印、そして、今回の親魏倭王の金印です。この二つの発見が、日本の、古代史研究にとって、大きな、進展になりました。この席を借りて、私は、大日向代表に、日本古代史の研究家を代表して、心から、お礼を述べたいと思っているのです」

石川教授は、そういって、大日向代表を称賛した。

4

このあと、新聞記者たちから、いくつかの質問が、二人の教授に向かって、発せられた。

その一つが、こんな、質問だった。

「先ほど、大日向代表も、いっておられたのですが、今回、この問題の金印を、取り返すのに、いろいろと苦労された。噂では、五千万円という大金が支払われたといいますが、ひょっとすると、同じような大金が、お二人にも、渡ったのではありませんか？」

若い記者のひとりが、きくと、原口教授が、気色ばんで、

「それは、どういう、意味ですか？」

「大金が、アドベンチャー・ジャパンから、お二人に、支払われたのではないかと、いうことですよ」

「つまり、私たちが、大金で懐柔され、偽物の金印を本物だと、証言している。あなたがおっしゃっているのは、そういうことですか？」

原口教授が、若い記者を睨みつけながら、いった。

「そうは断定していませんが、金印の真偽の判定に、大金が動いているのではないか？　そういう噂をきいたので、敢えて質問させていただいているのです」

若い記者は、負けずに、いい返した。

「私は、少なくとも、国立大学の教授ですよ。現在六十四歳で、四十年あまりにわたって、日本の古代史を、研究してきたんです。そんな私が、金で動くと、思われますか？　もし少しでも、そういう疑いを、持っておられるのならば、私の財産を、徹底的に、調べていただきたい。私は今、京都に住み、京都の銀行に、預金があります。それを、調べてもらって結構ですよ。また、東山《ひがしやま》に小さな家を、持っていますが、それは、父から譲られたもので、私が買ったものではありません。車も持っていません。最近、私が、大金を手に入れたことがあるかどうか、それを、徹底的に調べてほしい。そうすれば、私が大金をもらって、問題の金印の真偽について、証言をしたなどという、馬鹿なことがないことが、すぐに、おわかりになるはずです」

原口教授が、いった。

続けて、石川教授が、

「私も、国立大学の教授をしています。原口先生と同じように、四十年以上にわたって、日本の古代史を研究してきました。特に、邪馬台国の存在、それから、卑弥呼のことなどを研究し、何冊かの本も出して、そのなかの二冊には、賞が出ています。それに、私は現在、過分の給料を、国からもらっているし、定年退職になっても、かなりの額の、年金がもらえますからね」

と、微笑してから、さらに続けて、

「私は、研究馬鹿とでもいうのか、古代史の研究をしていれば、楽しくて、ほかには、何も要らないのですよ。研究そのものが楽しいのです。そんな私が、大金をもらって、金印が本物かどうか、嘘の判定をすると、思いますか？　もし、大金が動いたと、疑われる方がいらっしゃるのなら、今、原口先生がおっしゃったように、私の経済状況も、徹底的に調べていただきたい。そのために、一円でも動いたとなったら、私は、大学の教授を、やめてもいい。それだけの覚悟をして、この金印をしっかりと見て、判定したのですから。この金印は、中国の魏の時代『三国志』の時代に、魏の皇帝から、邪馬台国の卑弥呼の使者に、贈られたものであることは、間違いないのです。この大発見に、けちをつけられることは、研究者として、本当に、悔しくてなりません」

5

この記者会見が、評判になって、中央テレビが、特集番組を組んだ。

二時間の特別番組だった。司会役の古参のアナウンサーが、まず、こう発言した。

「このスタジオに、今、話題となっている金印の写真を、持ってきております。それを拡大すると、この写真のようになります」

と、いって、大きなスクリーンに、金印の文字を、映してから、

「問題は、この金印が、本物かどうかということになります。二人の国立大学の教授が、本物であると、断定しました。しかし、まだ、疑っている人がいます。日本の古代史の専門家のなかに、本物と断定するには早すぎるという人がいるのです。また、なかには、この金印を博多湾で発見した団体が、大金を出し、日本古代史の権威である大学の教授を買収して、嘘の証言をさせたのではないか？　そんな極端なことを、口にする人さえいるのです。そこで、私たち番組特捜班は、果たして、この金印の真偽の判定に、大金が、動いたのかどうかを調べるた

めに、二人の教授の同意を得た上で、優秀な十人の私立探偵、同数の弁護士、税理士でグループを作って、徹底的に調べました。その結果を、これから発表します。問題の金印の発見者は、アドベンチャー・ジャパンという団体で、その発見直後、金印を盗まれてしまったと、団体の代表者、大日向浩志氏は、発表しています。その金印を、取り返すのに、五千万円を支払ったと、大日向代表は、明らかにしているのです。この件については、警視庁の刑事も、動いていたことが、わかりました。私たちが、警視庁に取材をしたところ、たまたま警視庁も、大日向代表の周辺で、誘拐事件が発生したのではないか？　その身代金を支払うために、五千万円もの大金を、銀行から引き出した。そう考えて、捜査をしていたことを、認めました。そして、五千万円の現金が、支払われたことも、確認されています。大日向代表が、五千万円を支払って、金印を取り戻したというのは、紛れもない事実であると、われわれは判断します。その後、大日向代表が、京都の原口教授と、九州の石川教授、この二教授は共に、日本古代史の権威ですが、このお二人に、五千万円で取り戻した、金印の鑑定を依頼しました。その時、両教授に、大金を支払ったのではないかと、今、疑いが持たれているのです。二人の権威ある教授が、大金をもらって、偽物を本物と断定してしまった。そういう疑いです。そこで、この番組では、先ほども申しましたが、たくさんの弁護士、私立探偵、税理士にお願いして、徹底的に調べてもらいました。その結果を、これから発表いたします」

ここでテレビカメラが、ゲストたち、ひとりひとりの顔を、アップにした。

「アドベンチャー・ジャパンが、金印を取り返すために、五千万円を引き出したことは、間違いありません。そのために、この五千万円が支払われたことは、警察も認めています。その後、この団体の口座から、大金が引き出されたという事実は、まったくありません。アドベンチャー・ジャパン名義の預金と、大日向代表の個人預金からも、一円も引き出されていません。これは、番組として確認しました。問題の、原口教授、石川教授、二人の口座、財産などを、徹底的に調べさせていただきました。その結果は、お二人とも、この鑑定を下す前後には、一円の収入も得ていないのです。お二人の口座に、大金が入金された事実は、まったくありません。原口教授が所属している、京都の国立大学にも、石川教授の九州の国立大学にも、大金が振り込まれたという事実は、見当たりませんでした。つまり、お金はまったく、動いていないのですよ。ということは、両教授によって、下された判定は、何の制約もなく、金にも縛られず、冷静に、学者としての、権威をもって下されたものであることが、これで明らかになりました。日本の古代史研究家たちが、存在しているであろうと、推測していた金印が、とうとう、見つかったのです。そこで今日は、この親魏倭王の金印が、どんなに素晴らしいものであるかを、これからじっくりと、ご紹介したいと思います」

それから、再現ドラマが、始まった。

邪馬台国の、卑弥呼に扮《ふん》したタレントが現れ『三国志』時代の、中国の魏についての説明があり、そして、魏の皇帝から、邪馬台国の使者が、金印を受ける場面が、再現された。

この放送があったあと、アドベンチャー・ジャパンの大日向代表は、また、記者を集めて、声明を出した。

大日向代表は、アドベンチャー・ジャパンでは、これを機会に記念館を作り、そこに問題の金印を展示する。金印が発見された前後の模様を映したＶＴＲを、毎日上映する。それから、日本古代史の研究書物を集めて、これも収蔵すると、発表した。

彼は、誇らしげに、こう結んだのである。

「昨日のテレビ特別番組で、私が発見した金印が、本物であることを認めていただいて、大変感謝していますが、殺人事件のほうは、まだ、解決しておりません。私が、以前に、申しあげたように、三人の男女を殺した犯人は、渡辺孝という男です。何とかして、この渡辺孝を、一刻も早く、逮捕していただきたい。もし、渡辺孝が逮捕されれば、今回の一連の事件は、すべて解決したことに、なりますからね。私も五千万円を、回収できるかもしれない。この件については、現在、捜査に当たっている警視庁捜査一課の、十津川警部にも、善処を申し入れました」

6

京都府警の篠原警部と、福岡県警の加藤警部が、急遽、上京してきた。

「今回の急な動きを、十津川さんは、どう思われているのですか？」

二人は、口を揃えて、十津川に、きいた。

「実は、私のほうからも、お二人に、おききしたかったのですよ。やたらに、大日向代表が記者会見を開いて金印の宣伝をし、その一方で、一刻も早く、犯人の渡辺孝を逮捕しろと、警察にはっぱをかけています。その件について、お二人がどう思われているのかが、しりたいのです」

と、十津川が、いった。

「前に、十津川さんが、今回の事件について、疑問を出されたでしょう？　一つは、三人の男女が、首なし死体となって発見されたが、そのうちのひとり、京都のK大の浅井直也という准教授が、東京の木村利香という女性のマンションで、死体となって発見された。その木村利香が、いまだに行方不明のままである。もう一つは、浅井直也の首は、東京湾で発見された。しかし、残りの二人の首は、まだ発見されていない。なぜ、発見できないのかと、この二つを、疑問として、挙げておられましたね？　木村利香に関しては、私は京都府警の人間ですから、彼女の発見は十津川さんに、お任せしますが、京都の鞍馬で発見された稲川友之の首が、まだ発見されていない理由は、私にもわからず、困惑しています。大日向代表のことですが、彼が主張している、犯人の渡辺孝が、どうしていまだに、発見されず、逮捕もされないのかという点は、私も疑問に思っているのです。顔写真もあるし、年齢もわかっている。それなのに、なぜ、今に至るも、逮捕できないのかというのは、私にも不思議です」

と、京都府警の篠原警部が、いった。

続いて、福岡県警の加藤警部が、口を開いた。

「私も、京都府警の篠原警部がいわれたように、木村利香という女性については、十津川さんに、お任せしたいと考えています。問題の首なし死体ですが、九州の太宰府で、発見された、小山多恵子の死体の首が、いまだに、発見されていません。私たちは、刑事を動員して、太宰府周辺を徹底的に、調べているのですが、どうしても見つからないのです。普通、時間が経てば、バラバラになった死体は、発見されるものです。それなのに、どうして、小山多恵子の場合は、依然として首が発見されないのか？　それが、どうしても不思議なのです。それから、問題の渡辺孝の行方が掴めず、なかなか逮捕できないのも、不思議に思っていますが、これは遠からず、逮捕できるものと、信じています。問題は、アドベンチャー・ジャパンの、大日向代表にあると、思っているのです」

「大日向代表の、どこが、問題だと思いますか？」

十津川が、きいた。

「大日向代表は、あまりにも、派手に動きすぎています。もちろん、どんな動き方をしても勝手ですが、ことは、日本古代史の問題でしょう？　二つの金印のことだって、本来は地味な問題ですよ。果たして、それが、本物かどうかということとは、地道にしっかりと、研究してから判断を下したい。普通は、そう考えるはずです。それなのに、なぜ、大日向代表は、派手な記者会見をしたりして、盛んに動き回ったり、五千万円という大金を払って、金印を取り返したことを、発表したりしているのか。その一連の動きが、私には、どうしても、気になるのです。あまりにも、派手に動いている大日向代表を見ていると、どこか怪しいんじゃないのかという、そんな疑問が、自然に、湧いてきてしまうのですよ」

加藤警部が、いった。

「しかし、あの金印を、本物であると断定したのは、日本の古代史の研究に関しては、権威といわれている、二人の大学教授ですよ。それに、この二人が、アドベンチャー・ジャパンから、金をもらっていないことも、すでに証明されています。それでも、嘘くさいですか？」

十津川が、わざと、反論してみせた。

「もちろん、私は、二人の大学の教授が、嘘をついているとは、思いません。しかし、なぜか引っかかるんですよ。十津川さんは、何も、疑問を感じないのですか？」

「確かに、大日向代表の動きは、派手すぎます。胡散臭いと、加藤さんが思われるのも、わかりますよ。しかし、加藤さん自身も、二人の大学教授が下した、あの金印が本物であるという判断は、信じていらっしゃるわけでしょう？　私も、あの二人の教授が、アドベンチャー・ジャパンに頼まれて、嘘をついているとは思えない。だから、問題の金印が本物なら、それは大変嬉しいことだと、事件を離れて思っています。その点については、大日向代表に、あまり疑問を感じないのです。私が、おかしいと思っているのは、大日向代表が、三人の男女を殺した犯人は渡辺孝だと、断定していることなんです。渡辺孝が、アドベンチャー・ジャパンの幹部だったことは、調べてわかっています。ですから、大日向代表の隙を見て、金印を盗んだというのも、わかるんですよ。渡辺孝が、そんな行動に出たのは、功績を、ひとり占《じ》めにしている大日向代表に、反感を持ったからでしょう。そして、盗んだ金印を五千万円で、大日向代表に、買い取らせた。それも何とか、納得できるんです。渡辺孝という男は、金がほしかったんでしょうからね。そこまでは、納得できるのですが、今もいったように、渡辺孝が、三人もの人間を、殺したというのは、納得できないのです。渡辺孝という男を、調べれば調べるほど、とにかく地味な性格だということがわかっています。金ほしさに金印を盗んだ、その金印を、五千万円で元の持ち主に、売ったということもあり得納得できない。今もいったように、地味で、小心な男ですからね。三人もの人間を殺す。それも、死体の首を切り落とすという猟奇的な殺人事件を、三件も続けて起こすとは、どうしても、考えられないのです。その疑問が、消えません」

「犯人は、渡辺孝ではなくて、大日向代表だと、十津川さんは、思っていらっしゃるんですか？」

京都府警の篠原警部が、首をかしげて、十津川を見た。

「こちらでも念のために、調べてみましたが、大日向代表には、三件の殺人事件についての、アリバイがありました。もし、彼が犯人だとしても、直接、彼が、手を下したのではなくて、誰かに、依頼をしたのだと思っています。ただ、何回もいいますが、渡辺孝という男は、いくら調べても、金ほしさに盗みを働くことはあっても、連続殺人を犯すような男では、ないのです。それに、三人を殺した理由も、よくわかりません。自分が手に入れた金印の発見者を、自分にしてほしいと依頼して、この三人に断られたから、癪に障って、殺したといわれていますが、これもおかしい。あの連続殺人は、冷静そのものですよ。かっとして、殺してしまったのなら、三人の首までは切り落とさないでしょう」

「それでは、十津川さんは、三人の男女を殺した犯人の動機は、いったい、何だと思われるのですか？　彼らは、邪馬台国が大和にあったという説を、唱えている人たちでしょう？　そのことと、この三件の殺人事件は、関係があるのでしょうか」

「邪馬台国がどこにあったか、そんなことで、人を殺すでしょうか？　論争は、昔からずっと、おこなわれています。確かに、面白い論争で、その論争を、本にした人もいるし、テレビでもしばしば、放送されています。しかし、論争が高じて、殺人事件が起こったことなど、今までに、一度もありませんでした。ですから、渡辺孝が犯人で、邪馬台国大和説の三人を、殺してしまったというのは、納得できないんですよ。こうした論争が原因で、人を殺すというのは、ありえませんからね」

「では、十津川さんは、この三人が、猟奇的な方法で殺された理由について、どう考えているんですか？」

福岡県警の加藤警部が、きいた。

「その件について、私は、ずっと、考えてきました。一番簡単なのは、この三人が、問題の金印の発見について、口裏を合わせてくれなかったこと、それに怒って犯人が、三人を殺してしまったという説です。この犯人が、渡辺孝だと思われています。しかし、私は、別の理由があったのではないのか？　ほかの理由があったからこそ、三人は、殺されてしまったのではないかと、考えているのですが、そのほかの理由とは、何かといわれても、まだ頭に、浮かんでこないのですよ。三人とも、日本古代史研究会の会員なので、どうしても、殺害された理由も、その方面に関係しているんじゃないかと、考えてしまいます。つまり、邪馬台国の問題であり、卑弥呼の問題であり、そして、今回発見された、親魏倭王の金印の問題であると考えてしまうのです。しかし、果たしてそんなことで、三人もの人間を、あんな残忍な方法で、殺すことができるかという疑問にぶつかってしまうのです。ほかに何か、犯人にとって、個人的な理由でもあるのだろうかと、考えるのですが、これも、はっきりはわかりません。犯人は、殺したあとでメッセージを、残していますね。歴史を正確に見ようとしない者は、殺されて、当然だというようなことを書いています。とすると、やはり、犯人は、日本の古代史に関連して、三人を殺したのかということに、なってくるのですが、どうしても、それだけのことで、人を殺すだろうかという、最初の疑問に突き当たってしまうのです。この疑問に対しての答えが、見つからない限り、今回の事件は解決しない。少なくとも、私にとっては、解決しないと、思っています」

「三人のうち、ひとりの首は東京湾で、発見されたが、残りの二人の首は、どうして、発見されないのかという疑問を、十津川さんは示していますが、これについて、答えは、見つかっているんですか？」

福岡県警の加藤警部が、きいた。

「これも、今のところ、答えが見つからなくて、困っているのです。さっき、おききしたら、福岡県警では、太宰府周辺で、被害者、小山多恵子の首を、捜しているとおっしゃっていましたが、京都でも、やはり同じことをしていらっしゃるのでしょうね？」

十津川が、きくと、篠原警部は、うなずいて、

「連日、警察官を動員して、鞍馬周辺を、徹底的に捜しています。事件解決のために、被害者の首を、発見したいと思いますからね。死体があった、鞍馬周辺の山を、捜していますし、川に捨てたのではないかと考えて、川ざらいも、連日おこなっていますが、依然として、まだ、見つかっていません。今までの、バラバラ殺人事件を見る限り、日が経たずして、首が発見されたり、手足が見つかったりするものなのですが、今回に限って、いっこうに、稲川友之の首が発見されな

いのが、不思議でならないのです。東京で起きた、第一の殺人事件では、すでに、東京湾で首が発見されていますから、第二、第三の殺人事件でも、犯人は、首を、絶対に発見されまいとして、焼却してしまったりは、していないと思うのですよ。だから、どこかで、発見されなくては、いけないと思うのに、どうして、今まで、見つからないのか、それが、不思議なのです」

「一つだけ、考えていることが、あるのですがね」

と、十津川が、いった。

「それは、首についてですか？」

「そうです」

「ぜひ、そのご意見をききたいですね」

「前にも説明しましたが、今までの殺人事件では、死体の首を切り取る行為には、三つの理由が、考えられます。第一に、身元を隠す。第二は、死体の持ち運びのため、第三が、犯人の激しい憎悪のためです。しかし、今回に限っては、これ以外の理由があったのではないか。そう考えてみるしかないのですよ。だから、二つの首が、まだ、見つからないのだと」

「その理由とは何です？」

「その答えが、まだ見つからなくて、困っているのです」

と、十津川は、いった。

7

十津川が、捜査本部で、二人の警部と話している途中、西本刑事が、一通の手紙を持ってきた。

「これが、捜査本部に、投げこまれていました」

ありきたりの、白い封筒に、パソコンで打たれたと思われる書体が、並んでいた。

表には、警視庁捜査一課御中とあり、なかから便箋が一枚、出てきた。

同じように、パソコンで打たれたと思われる文字が、並んでいた。

〈大至急手配されたし。

三人の男女を殺した犯人、渡辺孝は、現在、八王子《はちおうじ》市内の、浅川《あさかわ》のそばに、新しく家を買って住んでいる。偽名を使っており、表札の名前は、鈴木《すずき》となっている。

女と一緒に住んでいて、またすぐ、逃げ出す恐れがある。警察は至急、逮捕せよ〉

便箋には、そう書かれてあった。

十津川は、その便箋を、京都府警の篠原警部にも、福岡県警の加藤警部にも見せた。

「どうしますか？」

と、篠原警部が、きく。

「もちろん、すぐいってみますよ。ガセネタかもしれませんが、いってみるだけの価値は、あると思います。お二人も、一緒にどうですか？」

十津川が、誘った。

十津川たちは、パトカーで、八王子に向かった。

八王子市内の、中央を流れている、浅川の近くに、手紙に書かれていた、鈴木という表札を出している家が、確かにあった。

二階建ての、プレハブ住宅である。

すでに、昼をすぎているのだが、窓にはカーテンがかかっていて、なかの様子は、まったくわからない。

十津川は、まず、部下の刑事たちに、家を包囲させた。

そのあとで、篠原、加藤両警部と一緒に、家に突入した。

一階には、誰もいない。

あとから入ってきた刑事たちは、二階に駆けあがっていった。

二階の六畳の和室、その中央に、テーブルが置かれているのだが、そのテーブルに、俯せに、男女が倒れていた。二人とも、和服を着ている。

刑事たちが、二人の体を、引き起こした。

しかし、そのまま、二人とも、仰向けに倒れてしまう。明らかに、すでに死んでいるのだ。

死体からは、青酸中毒死の症状が現れている。甘いアーモンドの、匂いがするのだ。

テーブルの上には、ビール瓶とコップが二つ、置かれていた。コップのなかには、少しだけ、ビールが残っている。

「男のほうは、間違いなく、渡辺孝ですよ」

亀井が、十津川に、いった。

女のほうは、一瞬、わからなかったが、

「もしかすると、捜していた木村利香じゃありませんか？」

北条早苗刑事が、いった。

確かに、木村利香の顔写真に、よく似ている。

テーブルの上には、ほかに、白い封筒が一つだけ、置かれていた。

封筒のなかから、見つかったのは、便箋が一枚。そこには、パソコンで打たれたと思われる文字で、こう書かれてあった。

〈彼女と二人、豊かな生活を夢見て、精一杯、動き回りました。金印を盗んだり、それを五千万円と換えたり、殺人まで犯しました。

しかし、気持ちが、ついていきません。

彼女も、こんな状態では、二人の前途に、明るさが見えない、いっそ、死にましょうといいました。私も、こんな、落ちこんだ気持ちならば、一緒に死んでくれる人のいるうちに、死んだほうが、幸福だと思うようになりました〉

そして、渡辺孝、木村利香の二人の名前があった。

「この手紙の指紋を、調べてくれ」

十津川は、それを鑑識に回した。

「女性のほうは、十津川さんが、捜していた木村利香ですか？」

と、京都府警の篠原警部が、きく。

「どうやら、そうらしいですね。こんなところで、こんな形で、見つかるとは、思いませんでした」

十津川は、正直に、いった。

二階の寝室を調べていた刑事のひとりが、その寝室にあった、手提げ金庫を持ってきた。

そのなかから発見されたのは、一千万円分の一万円札だった。それは、アドベンチャー・ジャパンから、渡辺孝が、金印と交換に手に入れた、五千万円の一部と思われた。

「十津川さんは、これで、すべてが解決したと思われますか？」

福岡県警の加藤警部が、きいた。

十津川は、かぶりを振って、

「いいえ、こんなことで、事件が解決したなんて、到底思えませんよ」

「どこがおかしいんですか？」

「何もかもがおかしいんですよ。確かに、私は、木村利香という女性が、どうなったのか、どこでどうしているのかが心配で、懸命に捜しました。しかし、見つからなかった。それに、渡辺孝という男が、本当に犯人なのかどうかもわからず、悩んでいました。ところが、誰かが、その疑問をきいたのか、まるで手品でも見せるかのように、二人の死体を、私に、発見させたのです。こういうのを、私は、誰かの差し金だと、思うことにしています。こんなことで、連続殺人事件や、日本古代史に絡んだ金印の件が、解決したとは、とても思えないのです。もっと、難しい解決になるはずなんですよ」

十津川は、繰り返した。

「しかし、こうなってみると、渡辺孝の尋問は、もうできませんね。それに、木村利香からも、話をきくことは、できませんよ。もし、これが策略だとしたら、どうやって、それを証明しますか？」

篠原警部が、十津川に、きく。

「そうですね。確かに、もう、この二人からは、話がきけません。ただ、こうして死体になってしまうと、何者かが、口封じのために二人を殺した、としか考えられません。ですから、とことん追及するつもりです。もちろん、真犯人をですよ」

「その結果がわかったら、すぐにしらせてください」

二人の刑事は、そういって、それぞれ、京都と福岡に帰っていった。

8

その日から、徹底的な、捜査が始まった。

まず、鑑識に依頼した、遺書と思われる手紙の指紋は、封筒からも便箋からも、渡辺孝の指紋しか、見つからなかった。

しかし、なお、調べていくと、封筒も便箋も、渡辺孝自身が、近くの文房具店で、買ったものであることがわかった。

とすれば、封筒と便箋に、渡辺孝の指紋があったとしても、別におかしくはないことに、なってくる。その指紋を、消さないように、誰かが、パソコンを使って、文字を打ったのかも、しれなかった。

一階の居間に、新しく買ったと思われるパソコンが、置かれてあった。そのパソコンで、遺書にあった文章を打ってみると、まったく同じ書体が、出てきたから、おそらく、遺書は、一階の居間にあった、このパソコンで打ったものだ、と思われた。

ただし、誰が打ったのかは、わからない。

次は、聞き込みだった。

十津川は、刑事を動員して、問題の家の周辺での、聞き込みを、徹底的にやらせた。

捜査本部に、渡辺孝のことを、密告してきた手紙には、渡辺孝が、新しく買った家とあったが、よく調べてみると、確かに買った家ではあったが、家自体は、中古だった。

それを売った不動産屋に、十津川は、話をきいた。

「お買いになったのは、一カ月ほど前ですよ。値段ですか？　確か、千五百万円だったはずですよ。お得な買い物で、喜んでおられるとばかり、思っていたのですが、どうして、お買いになった渡辺さんが、自殺なんかされてしまったんでしょうかね？」

「渡辺孝の名前で、買ったのですか?」

「そうですよ。渡辺孝というのは、本名なんでしょう?」

連続殺人についての報道を、あまり見なかったらしい不動産屋は、変な顔をした。

しかし、買ったあと、渡辺孝は、鈴木という表札を出して、住んでいたのである。不動産屋は、おそらく、そのことを、いっているのだろう。

刑事たちは、一緒に死んでいた、木村利香についても、聞き込みをした。

家を売った不動産屋の主人は、十津川の質問には、こう、答えている。

「お二人でこられたことはありません。渡辺さんひとりで、家を買いにこられたのです。浅川の近くで、中古住宅がほしい。そういわれたのですよ。それで、先日、前を通りかかったら、鈴木という表札が、かかっていたので、あれっと思ったんですが、もし、女性と一緒に住んでいたのなら、鈴木というのは、その女性の名字《みょうじ》かも、しれませんね」

と、いった。

一カ月前に、その家を買ったとすれば、誘拐事件まがいの方法で、五千万円で、アドベンチャー・ジャパンに、金印を売ったその時には、もう、この家に、住んでいたことになる。

問題は、一緒に死んでいた、木村利香のことだった。刑事たちが、家の周辺を徹底的に調べ、話をきいたのだが、渡辺孝が、木村利香と、一緒に住んでいるのを、見たという話は、どこからも、きけなかった。

二階建ての家のなかから、鑑識が、指紋を採取したのだが、渡辺孝の指紋は、たくさん見つかったが、木村利香の指紋は、ほとんど見つからなかったと、十津川にしらせてきた。

とすれば、木村利香は、あの家に、渡辺孝と一緒に住んではいなかったのではないかと、十津川は、考えた。

「よくあるケースじゃありませんか？」

と、亀井が、いった。

「例えば、木村利香という女性がいて、それが犯人にとって、面倒な存在になってきた。始末すれば、自分が疑われる。それで、ある男と心中したように見せかけて、殺してしまう、というやつですよ」

「確かに、カメさんのいうとおり、その疑いは、充分にあるね」

十津川も、うなずいた。

テーブルに残っていたビールは、科警研で調べた。半分ほど残っていた、ビール瓶のなかから、青酸カリが、発見された。わずかに残っていた、コップのなかのビールからも、同じように、青酸カリが発見された。

もし、二人が、心中を図《はか》ったのなら、青酸カリを入れたビールを、二人で飲んで、死んだことになる。

逆に、二人が、殺されたのであれば、無理矢理飲まされたのか、あるいは騙されて、飲まされたのかは、わからないが、犯人は、二人を自殺に見せかけて、殺害したことに、なってくる。

「これは、心中ではなくて、殺人だと、私は思いますね。あまりにうまく、できすぎていますよ。われわれが、木村利香の行方を、捜していた。その一方で、犯人といわれている渡辺孝を、捜し出して、彼から話をききたいと、そう思っていた、矢先ですからね。この二人を、うまく心中に見せかけて、口を封じてしまった。そう考えるのが、妥当なんじゃありませんか?」

「もし、これが、殺人だとすれば、犯人はいったい、誰なのか? カメさんが考えているのは、アドベンチャー・ジャパンの、大日向代表か?」

「今、考えられるのは、彼しかいませんが、彼が犯人だとすると、動機は、何なんですかね？」

「もし、大日向代表が犯人だとすると、三人の男女を殺した理由は、何だろう？ それから、せっかく、博多湾で発見した問題の金印、それを簡単に、渡辺孝に、盗まれてしまっている。これは、いかにも、わざとらしいんじゃないか？ 普通に考えると、あれだけ、大事にしていた金印なのだから、決して盗まれないような、きちんとしたところに、保管するんじゃないだろうか？ それなのに、渡辺孝が見ている、その目の前で、金庫に、しまったと、いっている。まんまと盗まれて、今度は五千万円も払って、その金印を、買い戻している。どうにも、間の抜けた話じゃないだろうか？ あの男が、どうしてこんなことをするのだろうか？」

十津川は、そういって、首をひねった。

第六章　三ひく一は二

1

十津川は、急に思い立って、亀井を連れて、国立博物館に館長の藤田肇《ふじたはじめ》を訪ねた。

十津川は、藤田館長に向かって、

「現在、日本の古代史を研究する上で、いろいろな重要史料があるでしょうが、そういうものが、一番たくさん集まっているのは、やはり、国内では、この国立博物館でしょうね？」

「そうですね。何といっても、収蔵数は、国内では、うちが一番でしょうから。それでも、台湾《たいわん》の故宮《こきゅう》博物院などに比べると、まだ、数が足りなくて、いつも残念に思っています」

「先日の、アドベンチャー・ジャパンが開いた記者会見では、古代史の権威といわれる、原口教授と石川教授のお二人が、例の金印について、話されました。今、古代史の権威というと、このお二人になりますか？　それともほかに、どなたかいらっしゃいますか？」

十津川のこの質問に対して、藤田館長は、少しの間、考えていたが、

「確かに、原口教授と石川教授は、日本の古代史に関する、オーソリティです。しかし、もうひとり、このお二人に負けない研究者が、いるんですよ」

「それは、どういう人ですか？」

「東京の、国立大学の御手洗《みたらい》という教授です。原口教授、石川教授、それに、この、御手洗教授を含めた三人が、わが国の、古代史研究の三羽烏《さんばがらす》じゃないでしょうかね」

「最近、都内や京都や太宰府で、無惨な殺され方をした、三人の古代史の研究家が、いましたね？　浅井直也さん、稲川友之さん、そして、小山多恵子さんの三人ですが、この三人は、今、藤田館長が、おっしゃった三人の学者とは、どう違うのですか？」

亀井が、きくと、藤田館長は、微笑して、

「亡くなった三人の方ですが、このうちの浅井さんをのぞくあとの二人は、アマチュアの研究家です。アマチュアですから、プロの専門家とは少し違った、自由で面白い見方をしたりするのですが、厳密には、日本古代史研究のオーソリティとはいえません。浅井さんも、どちらかといえば、本流とは見られていません」

「先ほど、館長がおっしゃった、御手洗という教授ですが、この方は今、どこに、お住まいですか？　できればお会いして、お話をききたいと、思うのですが」

十津川が、いうと、藤田館長は、小さくため息をついて、

「それがですね、実は、御手洗教授は、先月、突然、亡《な》くなられたんです。まだ、六十代の若さだというのに、本当に惜しい人を失いました。私としても、大変、残念でなりません」

と、いう。

「先月ですか？」

「そうです」

「病気で、亡くなったのですか？」

「ええ。前から、お体の具合が悪い、ということだったのですが、それが、急に悪化して、入院先の、病院で亡くなりました」

「館長が考えて、今、名前を挙げた原口教授、石川教授、御手洗教授のほかに、日本の古代史のオーソリティの方は、いらっしゃいませんか?」

念を押すように、十津川が、きいた。

藤田館長は、また、慎重に考えてから、

「そうですね。この三人以外に、抜きん出た古代史の研究家は、ちょっと、思いつきませんね」

「先日の記者会見に、原口教授と石川教授が出席されて、アドベンチャー・ジャパンが、博多湾の海底から見つけ出した、親魏倭王の金印を、間違いなく、本物だと断言されました。それについて、館長のご意見を、伺いたいのですが」

十津川が、いうと、藤田館長は、少し暗い表情になって、

「そうでしたね。本物か偽物かという判断は、なかなか、難しいですね」

「そうですか、難しいですか?」

「昔から、日本には、二つの金印が、あるといわれていました。一つは、一七八四年に、九州の志賀島で発見された、有名な漢委奴国王の金印です。これは刑事

さんもご存じのように、奴国の王に、中国の皇帝から贈られたもので、このことは、中国の史書『後漢書』に書いてありますから、間違いなく本物だろうと、考えられています。事実、現在、国宝に指定されています。これが一つ目の金印です。もう一つが、邪馬台国の卑弥呼に贈られたと、いわれている金印です。これには、親魏倭王と、彫られているはずで、この二つの金印が、日本にはあるはずだと、昔から、いわれ続けてきたのです。まず初めに、漢委奴国王の、金印が見つかりました。今回、博多湾から、幻の金印と昔から呼ばれていた、親魏倭王の金印が見つかりました。この発見には、古代史の研究家全員が、拍手しました。私もそうです。ただし、これが、本物かどうかは、わかりません。そういわれている時に、先日の記者会見で、日本の古代史の、二人の権威といわれる、原口教授と石川教授が、この金印を、さまざまな角度から、検討・研究した結果、本物であると、断定されました。江戸時代に発見された、漢委奴国王の金印が、今や国宝に指定されていますから、二つ目のこの金印も、間違いなく国宝に、なるでしょう」

「今回見つかった、第二の金印が、本物であるということには、まったく、疑いの余地はないんですか？　偽造されたものである可能性は、ないんですか？」

亀井が、きくと、藤田館長は、苦笑して、

「こういうものは、疑い出したら、きりがないんですよ。何しろ、どちらも、一七〇〇年以上も前に、作られたものですからね。当然、当時の人は、すでに死んでしまっていますから、現代人が、これは本物だ、偽物だといっても、それを、証明することは、かなり、難しいんですよ。国宝になっている、志賀島で発見された、漢委奴国王の金印でさえ、依然として、根強い、偽物説があるくらいなんですからね」

「漢委奴国王の金印の、偽物説というのは、どういうものなんですか？」

十津川が、きいた。

「志賀島で、漢委奴国王の金印が、発見された時も真偽論争が、起こりました。福岡藩の儒学者、亀井南冥《かめいなんめい》が、これは、本物であると断定し、それが今に至っても、本物であるという根拠に、なっているのです。しかしその一方で、亀井南冥が、自分の名声を高めるために、彼自身が、金印を、偽造したのではないかという説も、根強くあるのです。金印が見つかったのは、二〇〇〇年以上前ですが、当時にも、金印を偽造する技術は、ありました。だから、金印は、偽物かもしれないという声も、あったわけです。しかし、偽物だという証拠も、ないんです。おそらく、今回の親魏倭王の金印についても、権威のある二人の学者が、本物であると断定しましたが、これからも、あれは偽物だ、偽造だという声は、出てくるはずですよ。私は、こう思うんです。もし、今回の金印を、偽物だと思う人がいるなら、その理由を、きちんと述べればいいんです。それに対して、また反論があって、真偽が確固たるものに、なっていくんじゃありませんか？」

と、藤田館長が、いった。

翌日、捜査会議が開かれ、それには、京都府警の篠原警部と、福岡県警の加藤警部の二人にも、特にきてもらった。

会議の席上、まず、十津川が、口を切った。

「ここにきて、動きがありましたので、京都府警の篠原警部、福岡県警の加藤警部にもきていただき、これから、事件についての、検討をしていきたいと思います」

十津川は、そういったあと、

「福岡県警の加藤警部に、おききしたいのですが、親魏倭王の金印を発見した、アドベンチャー・ジャパンの大日向代表が、問題の金印を、福岡市に寄贈する。そういったそうですね？　こちらでは、まだ、確認できていないのですが、これは、本当ですか？」

「ええ、本当です」

福岡県警の加藤警部が、うなずく。

「こちらにくる前に、確認したのですが、問題の金印は、福岡市博物館に、アドベンチャー・ジャパンの大日向代表から、寄贈されました。福岡市博物館には、もう一つの金印、漢委奴国王の金印が、収蔵されていますから、これで、二つの金印が、揃ったことになります」

「しかし、記念館を作って、展示すると発表していた、大日向代表が、福岡市に、よく、寄贈する気になったものですね」

感心したように、十津川が、いう。

加藤警部は、笑って、

「その点について、大日向代表に、市の職員が改ためて、質問したそうです。自分が持っていても、仕方がない。このような、国宝にも準ずるようなものは、国や自治体が、所蔵しているのが、一番いい。福岡市博物館には、もう一つの、金印があるのだから、並べて、所蔵するのが、もっともいいことになるのではないかと、大日向代表はそう考え直した、といったそうです」

「しかし、それでは、あまりにも、美談すぎるじゃありませんか？　問題の金印を、福岡市に寄贈する代わりに、大日向代表は、何か要求したんじゃありませんか？」

亀井が、加藤警部に、きいた。

「ええ、確かに、大日向代表は、一つだけ、条件を出しています」

「それは、何ですか？」

「問題の金印の、レプリカを作る権利、それから、それを販売する権利を、五年間に限り、自分にいただきたい。そういう条件を出しました。まあ、漢委奴国王の金印の場合も、レプリカなどが作られて、販売されていますから、今回の金印の場合も、何も、問題はないだろう。そう判断して、福岡市は、それを許可しています」

「金印のレプリカを作り、販売する権利ですか？　それで、どのくらい、儲かるものなんですかね？」

京都府警の篠原警部が、誰にともなく、きいた。

「現在、日本は、古代史ブームですし、親魏倭王の金印が発見されたということは、新聞やテレビで大々的に、報道されていますからね。かなりのブームになるでしょうし、五年間独占すれば、おそらく、最低でも、億単位の儲けに、なるんじゃありませんかね？」

と、加藤警部が、いった。

「それに、名誉がありますよ」

十津川が、つけ加えた。

「名誉？」

と、三上本部長が、きく。

「そうです。大日向浩志が代表をやっているアドベンチャー・ジャパンという、会社というか、団体ですが、いろいろと噂があります。大日向代表が、団体の金を横領しているとか、今回の一連の殺人事件に、関与しているのではないか、という噂が、流れています。そうした、黒い噂を払拭するには、発見した金印を、国か福岡市に、寄贈してしまう。そうすれば、かなりの部分で、大日向代表の名誉が、回復されます」

「そうですね。これで、マスコミのほとんどは、アドベンチャー・ジャパンや、大日向代表に対する、中傷や批判を、しなくなるんじゃありませんかね。それどころか、大日向代表は、立派な人物だということにも、なりかねません。正直いって、私には、それがどうにも、癪に障りますね」

加藤警部が、笑った。

「これで、今回の一連の事件は、解決したということに、なるんですかね？　そうだとしたら、どうにも、すっきりしませんね」

京都府警の篠原警部が、いった。

その疑問に対して、十津川は、自分の考えを口に出した。

「形の上では、解決してしまっているんですよ。今回の一連の事件は、大日向代表が主宰している、アドベンチャー・ジャパンが、親魏倭王の金印を、探し始めた時から、始まっている、といっていいと思います。大日向代表は、博多湾に沈んでいるのであろうと考えて、捜索を開始し、見事に問題の金印を、博多湾で発見しました。ところが、その金印を、アドベンチャー・ジャパンの幹部、渡辺孝に、まんまと盗まれてしまった。金印を手に入れた、渡辺孝は、その金印の発見者であることを、証明しなければならない。盗んだ物なら、何の価値も、ありませんからね。そこで、彼は、殺された、浅井直也、稲川友之、小山多恵子の三人に、その金印の発見者であることを証言してほしいと、依頼したに、違いないのです。ところが、この三人は、渡辺孝のいうとおりにはならなかった。渡辺孝は腹を立て、この三人を東京、京都、そして、九州で、殺してしまうのです。東京で浅井直也を殺す時には、自分の女、木村利香を使いました。渡辺孝は、女まで使って、三人を殺し、その首をはねました。

殺された三人のうち二人は、いわば、アマチュアの、古代史研究家でした。渡辺孝が、どうして、アマチュアの研究家に、話を持ちかけたのかは、わかりませんが、おそらく、学界では本流と見なされていない、浅井直也以外に、学者には知り合いがいなかったか、もともと学者が、苦手だったのかも、しれません。とにかく、渡辺孝は、三人の古代史研究家を、殺してしまいましたが、うまくいかない。そこで金印を、元の持ち主、大日向代表に、売ることを考えたのです。こうした高価な品物の取り引きは、誘拐事件に、似ています。人質は問題の金印、犯人の渡辺孝は、大日向代表に金印の身代金を要求する。金額は、五千万円。犯人が、何とかして、警察に捕まらずに、身代金を受け取って、人質を返す。その結果、見事にというか、型どおりというか、大日向代表は、渡辺孝に、五千万円の身代金を払い、渡辺孝のほうは、人質の金印を、元の持ち主、大日向代表に、返しました。渡辺孝が、どうして、一般の好事家《こうずか》や金持ちに、金印を売らず、元の持ち主の大日向代表に、売ったのか？　理由は、正直いって、よく、わかりませんね。ただ、相手が、大日向代表ならば、絶対に、警察にはいわないだろう。そういう確信が、あったからだと思います。普通の資産家や、好事家ならば、すぐに、警察に連絡してしまう。それを恐れて、渡辺孝は、大日向代表に話を、持っていったんだと、私は、考えています。その後、五千万円を手に入れたはずの渡辺孝は、八王子に買った自宅で、木村利香と、心中をしてしまいました。金印を、取り戻した大日向代表は、それが本物であることを、証明するために、古代史の権威である、原口教授と、石川教授の二人を招いて、金印を見せ、二人の教授は、これこそ卑弥呼が、当時の、魏の国の皇帝からもらったものに、間違いないと、断定しました。そして、今回、大日向代表は、親魏倭王の金印を、福岡市に寄贈しました。誠に、褒められた行動ですが、その代わりに、五年間、金印のレプリカを、製造して販売する権利を、手に入れました。金印を巡って、毎日のように、マスコミが騒いでいますから、億単位の金が、大日向代表のところにというか、アドベンチャー・ジャパンに、入ってくると思われます。その上、大日向代表は、名誉も手に入れた。これが、現在までの事件の流れです」

「それは、警視庁の見解ですか？　そうだとすると、今回の一連の事件は、終わったことに、なってしまいますが、そうなんですか？」

食い下がるように、福岡県警の加藤警部が、十津川に、いった。

十津川が、反射的に、小さく笑って、

「今申しあげたことは、表面上、今回の事件が、どう見えるだろうか、ということを、説明しただけです」

「とすると、十津川さん自身の見解というのが、あるわけですか？」

京都府警の篠原警部が、きく。

「もちろん、あります。それをこれから、お話ししたいと思います」

十津川が、落ち着いた声で、いった。

2

「今回の事件を担当して、私が、一番疑問に思ったのは、殺された三人の首なのです。浅井直也、稲川友之、小山多恵子の三人を殺して、首を切り、その首を、隠してしまいました。三つの首のうち、浅井直也の首は、間もなく、東京湾で発見されました。しかし、残りの二人の首は、いまだに発見されていません。犯人が、首を切り取る理由は、普通、三つ考えられます。一つは、死体の身元を隠すこと。もう一つは、重くて、死体を運び出せないので、首を切って、運んだということです。第三は、激しい憎悪です。実は、この三つのほかに、もう一つ理由が考えられるのですが、それは、後ほどご説明します。次に、私が、お話ししたいのは、大日向代表が、記者会見を開き、二人の大学教授、古代史の権威ですが、この二人を呼んで、問題の金印が、本物であることを証明させたことです。原口教授と石川教授は、日本の古代史の権威です。したがって、この二人が、間違いなく、本物であると断定すれば、少なくとも、世間では、本物ということに、なってきます。この二人以上に、権威のある古代史の研究家は、今のところ、いないからです。私は、古代史の権威が、この二人だけなのか、それを疑問に思って、東京の国立博物館にいき、館長に会いました。原口教授、石川教授、この二人以外に、古代史研究の権威は、いませんかときいたのです。すると、館長は、東京の大学に、御手洗教授という人がいて、六十代だが、信頼の置ける先生だと、教えてくれました。館長は、自分がしっている、古代史の権威は、この三人で、三羽烏といわれているとも、いっていました。私は、この御手洗という教授に会いたい、住所を教えてくれといったところ、館長は、残念ながら、この御手洗教授は、先月、六十代の若さで、病死してしまった。だから現在、原口教授と石川教授の二人だけが、古代史の権威ということになっている、というのです。この数字が、何かに似ていませんか？　殺された古代史の研究家は三人、そして、ひとりの首だけが発見されて、残りの二人の首は、まだ、発見されていません。一方、日本には古代史の権威として、三人の教授がいました。しかし、そのうちのひとり、御手洗教授が、病死してしまい、残ったのは原口と石川の二人の教授です。どうですか、何となく似ていませんか？」

「確かに、三ひく一の答えは、二ですから、似ているといえば似ていますが、それが、今回の事件と、何の関係があるのですか？」

福岡県警の加藤警部が、首をかしげた。

「私は、この二つの事実を、強引に結びつけて、考えてみたのです。昔読んだアメリカの本に、こんなことが書いてありました。人気のなくなった男優のパトロンをしている、マフィアがいました。その俳優は、有名なプロデューサーが、これから製作しようとしていた映画に、出たくて仕方が、ありませんでした。彼は、直接、プロデューサーの家にいって、自分を使ってくれるように、頼んだのです。ところが、プロデューサーは、にべもなく、俳優の申し入れを、断りました。もう、あんたの時代は、終わったといってですね。断られた俳優は、自分のパトロンである、マフィアに泣きついたんですよ。マフィアのボスは、すぐにプロデューサーに、電話をして、彼を使ってやってくれと、頼んだのですが、これも拒否されてしまいました。可愛い俳優に頼まれたマフィアは、どうしたか？　問題のプロデューサーには、競走馬を買う趣味が、あったんです。そのなかの一頭が、そのとき、ケンタッキーダービーに、出走することが決まった。プロデューサーにしてみれば、これ以上の喜びはないですよ。マフィアは、プロデューサーの、最大の楽しみを、脅迫の材料に変えてしまおう、そう思ったんですね。部下に命じて、その馬を殺し、その首をプロデューサーのベッドに、放り出しておいたのです。真っ青になったプロデューサーは、慌てて、問題の俳優を、次の映画に、使うことに決めたんです。これは、実話のようなんですよ。今回の犯人も、同じようなことを、考えたのではないでしょうか？　この話と同じことを、やろうとしたのではないかと、思ったのです。日本古代史の権威として、原口、石川、御手洗の三人の教授がいます。この三人を脅かして、記者会見を開き、自分たちが、発見した金印を、本物だと証言させようと考えた。しかし、簡単には、ＯＫはしない。そこで、犯人が考えたのが、三人の首ですよ。まず、三人の研究家を選んで、殺した。浅井直也、稲川友之、そして、小山多恵子の三人です。殺してから、犯人は三人の首を切り取った。犯人にとって、この三人など、小さな存在でしかなかったんです。平気で殺し、平気で三人の首を切り取った。ところが、日本には、三人の古代史の権威がいる、と思っていたら、そのなかのひとり、御手洗教授が、先月、亡くなっていた。三人の古代史の権威を脅かすのに、三つの首が必要だと思っていたのに、三人の権威のなかのひとり、御手洗教授が、亡くなってしまったんです。だから、首は、二つしか、必要ではなくなったんです。それで、犯人は、浅井直也の首を、東京湾に捨てた。今も、いったように、首は、二つしか、必要ではなくなったからだ、と思いますね。その上、犯人は、自分が、三人の首を切った理由を、しられたくなかったんですよ。だから、そのなかの一つを、東京湾に投げ捨てたのです。なかなか発見されない、残り二つの首は、その生首を使って、大学教授を、脅かすためだという、その意図を、犯人は、しられたくなかった。そこで、三つのうちの一つを、急いで、東京湾に捨てたのです。そのため、残りの二つの首が、脅迫に使われていたとは、私たちは、まったく考えなかったんです」

十津川が、説明を終えると、三上本部長が、首をかしげて、

「君の推理は、少しばかり、飛躍しすぎているんじゃないのかね？　人間の生首

を、脅迫に使うというのは、ちょっと、理解しにくいと思うがね」

「しかし、私は、今回の脅迫に、生首が使われた、と思っています」

「その二つの首は、今、どこにあると、君は思っているんだ？」

「生首を使って脅迫され、怖じ気づいた二人の教授は、犯人、すなわち、大日向代表のいいなりになって、金印は、本物だと証言した。教授たち自身がその首を、どこかに隠したのではないかと、私は、思っています」

「首を使って、脅かされただけで、二人の教授は、犯人のいうまま、金印は本物だと、証言したというのかね？」

「いや、脅迫におびえただけで、金印が本物だと、証言したわけではない、と思うのです。ここで、思い出していただきたいのは、大日向代表が、盗まれた金印を、渡辺孝から買い取るのに、銀行から、五千万円もの現金を、引き出したということです。それなのに、渡辺孝が、木村利香と、八王子で心中に見せかけて、殺された時、そこには、一千万円の現金しかなかったのです。大日向代表、あるいは、犯人といってもいいのですが、彼がおろしたのは、五千万円です。そのうちの一千万円だけが、渡辺孝に渡っていたとなると、残りは、四千万円です。おそらく、その四千万円を、二千万円ずつ、現金で、原口教授と石川教授に、渡したのではないか？　今、私は、そう考えています。二人の大学教授は、生首の脅迫に屈し、また、二千万円の現金に、屈したのです」

「今の十津川さんの説明どおりとすると、犯人は渡辺孝ではなくて、アドベンチャー・ジャパンの、大日向代表ということになってきますが？」

「そうです。私の結論は、どうしても、そこにいきます」

「犯人が、渡辺孝ではなくて、大日向代表であるという根拠を、説明してもらえませんか？」

そういったのは、福岡県警の、加藤警部だった。

十津川は、加藤警部に向かって、

「もう一つ、つけ加えるならば、三人の古代史研究家を殺したのも、当然、渡辺孝ではなくて、大日向代表ということに、なってきます」

「その点を、もう一度、説明していただけませんか？　どうも、きいているうちに、混乱してしまうところが、ありましたので」

京都府警の篠原警部が、いった。

3

「それでは、最初から、今回の事件を、総括してみることにします」

と、十津川が、いった。

「今回の一連の事件を、振り返った時、犯人は渡辺孝ではなくて、大日向浩志であるという結論に達しました。そうでないと、うまく説明できないことが、いろいろと出てくるのです」

十津川は、ちょっと言葉を切り、刑事たちの顔を見回してから、

「ここに、大日向浩志という、五十五歳の男がいます。野心家で偽善家で、金儲けの好きな男です。彼は、アドベンチャー・ジャパンという財団法人を作り、自らそこの代表に就任しました。アドベンチャー・ジャパンという、もっともらしい名称の財団法人ですが、ある人にいわせれば、ある種の、マルチ商法をおこなう団体であり、結局、人を騙して会員を集め、何十億円という金を、大日向浩志は手にしました。しかし、アドベンチャー・ジャパンは、マスコミから叩かれることが、多くなりました。財団法人ですから、法人として、年間に何回か、行事

をやらなければなりません。文字どおり、冒険をやったり、公会堂を借り切って、講演会を開いたりしていましたが、それだけのことをしても、マスコミは、アドベンチャー・ジャパンについて、手厳しい批判を、繰り返してきました。そこで、大日向浩志は、乾坤一擲《けんこんいってき》の賭けに、出たのです。うまくいけば、自分もアドベンチャー・ジャパンも、国民から信頼されるような、賭けにです。まず、大金を投じて、博多湾の海底を調べ、前々から、日本のどこかにあるといわれている、親魏倭王の金印を、探したのです。たぶん、発見された金印は、大日向浩志が、前々から、どこかの職人に頼んで、作らせておいたものだろうと、私は考えています。難しいのは、問題の金印が発見されたあとのことになります。発見された金印が、本物であることを証明しない限り、大日向浩志の夢は叶《かな》いません」

十津川が、ここまで話すと、三上本部長が、口を挟んだ。

「君の話をきいていると、今回の、一連の事件の真犯人は、大日向代表だと、断定しているように思えるのだが、そのとおりかね？　それで、間違いないのかね？」

「そのとおりです。私は、真犯人は大日向浩志だと、確信しています」

十津川が、自信を持って、答えた。

「それは、確固とした証拠があって、いっているんだろうね？」

「いえ、残念ながら、今のところ、大日向浩志が真犯人である証拠は、何も、ありません。しかし、大日向浩志が真犯人であると考えれば、すべての辻褄が、合ってくるのです」

「今、十津川さんは、一連の事件の真犯人は、大日向代表だと、いわれましたが、三人が続けて殺された時、彼には、アリバイがあるのでは、ありませんか？」

京都府警の篠原警部が、きく。

「三人ではありません。五人です」

と、十津川が、いった。

「五人？」

「ええ、五人です。古代史の研究家が、三人続けて殺されました。そして、最後の締めくくりとして、渡辺孝と木村利香が、心中に見せかけて、殺されています。ですから、全部で五人です」

「そのいずれの殺人についても、大日向代表には、アリバイが、あるんじゃありませんか？」

「そのとおりです」

と、十津川は、うなずいたあと、

「篠原警部が、指摘されたとおりです。八王子で、渡辺孝と木村利香が、心中に見せかけて、殺された時の大日向浩志のアリバイは、まだ、調べていませんが、古代史の研究家が、続けて三人殺された時の、大日向浩志のアリバイは、確かなもので、あまりにもはっきりしているので、作られたとしか、思えません。東京で殺人事件が起きた時は、大日向浩志は、なぜか、地方におり、地方で殺人事件が起きた時は、大日向浩志は、東京にいました」

「しかし、大日向代表のような男が、自分で直接、殺人に手を下すとは、私には、とても思えません」

と、いったのは、福岡県警の加藤警部だった。

「確かに、大日向浩志のような男は、ダーティなことに、自ら手を下すことはしないでしょう。脅かして犯人を作るか、大金を積んで誰かにやらせるかして、自分自身は、陰に隠れているのだと思います。しかし、大日向浩志が、一連の事件の主犯であり、彼が計画して実行させたことは、間違いないと思っています」

「大日向代表のいうなりで、殺人まで引き受ける人間は、どのくらいいると、お考えですか?」

と、加藤警部が、きいた。

「大日向浩志が主宰する、アドベンチャー・ジャパンですが、彼自身、一万人の会員がいる、といっていますが、実際には、その十分の一くらい、いや、二十分の一くらいのものだろう、と考えています。その五百人前後の会員は、会費を払い、アドベンチャー・ジャパンに入っていれば、金儲けができると、それだけを考えて、会員になっている人間だと、思っています。さらに、そのなかから、大日向浩志に忠実なのは、多くても、二十人もいないのではないか？　もっと少なくて、十人前後だろうと、想像しています。この十人ですが、おそらく会の幹部で、大日向浩志から多額の報酬を得て、彼に従いていれば、大金が手に入る。そう考えている人間たちではないか。私は、そう思っています。たぶん、そのなかに、渡辺孝もいたのでしょうし、木村利香もいたのでしょう。そうした幹部を使って、一連の芝居を打ったと、私は考えていますし、渡辺孝が真犯人だと、大日向浩志が主張していることも、芝居だと、私は見ています」

「渡辺孝や、彼と一緒に殺された木村利香が、大日向代表の仲間だと、どうして、思われるのですか？」

首をかしげて、加藤警部が、きいた。

「十津川さんは、一連の事件を、大日向代表が、計画して実行させた犯罪だと、いわれましたが、なぜ、大日向代表は、そんなことを、実行したんでしょうか？いやしくも、彼は、現役の弁護士ですよね？　その弁護士が、どうして、殺人まで計画し、それを、実行したんでしょうか？」

きいたのは、京都府警の篠原警部だった。

それに同調するように、三上本部長が、

「実は、私も、その点が、疑問なんだ。ここに大日向代表が、主宰する財団法人、アドベンチャー・ジャパンのパンフレットがある。それによると、この会は、会員の会費によって維持され、その資金によって、日本あるいは世界のためになる、冒険を敢行し、その得たる利益を、会員に還元する。ここ数年間の利益は、年平均、五億円から六億円で、それはすべて、会員に、還元されているとある。そのほか、細《こま》かく事業内容が、書かれてあるが、温泉が出ないといわれていた、都市の温泉発掘、未発見の古墳の発掘、そして、今回のような、歴史上の発見など、実態はわからないが、少なくとも、これを見る限りでは、いんちきな、マルチ商法とは、違うような気がするんだよ。それを主宰している、弁護士の大日向代表が、どうして今回、殺人事件を、起こしたりしたのかが、どうにも、わからない。もし、あくまで、犯人は大日向代表だとすると、今度は、殺人の動機が、わからなくなってくるんだがね？」

その疑問に対して、十津川が、答える。

「確かに、パンフレットなどによれば、一万人の会員がいて、毎年の利益は、五億円から六億円で、それはすべて、会員に還元されていると、なっていますが、私には、それが、どうしても、信じられないのです。会員数は、どう考えても、十分の一、いや、二十分の一の五百人前後です。また、その事業は、夢と冒険に満ちているように書いてありますが、そんなことで、儲かるはずなどないのです。おそらく、毎年、大きな赤字を、出しているのではないか？　それを、さも、利益をあげているかのようにいって、会員から会費を、巻きあげているのではないのか？　マスコミが叩くようになって、会員も減り、いよいよアドベンチャー・ジャパンの存続が、怪しくなってきたのです。そこで、大日向浩志は、乾坤一擲の手を、打つことにしたのだと、思うのです。彼が目をつけたのが、古代史に残る謎の金印です。日本には二つの金印があったはずだ、ということは、大昔からいわれていました。その一つが、西暦五七年に、奴国の王が、中国の、後漢の光武帝から贈られた、漢委奴国王の金印です。これはすでに、発見され、国宝に指定されています。もう一つの金印、これは西暦二三九年に、邪馬台国の卑弥呼が、当時の中国の魏に使いを出して、魏の明帝から贈られたといわれている、親魏倭王の金印です。この金印が見つかれば、もう一つの金印、漢委奴国王の金印以上に、センセーショナルな話題を巻き起こすことは、間違いありません。邪馬台国論争は、いまだに続いているし、卑弥呼の名前も、しれ渡っていますから、その卑弥呼がもらった金印が見つかれば、日本中が、大騒ぎになるでしょう。そこで、大日向浩志は、チームを編成して、その金印が沈んでいるだろうと、考えられる博多湾の捜索に、取りかかりました。しかし、簡単に見つかっては、まずいのです。なぜなら、千七百年以上も前に、中国から贈られた金印です。漢委奴国王の金印についてさえ、発見から二百年以上経った今でも、真偽論争が、あるくらいですからね。博多湾を捜索したところ、はい、見つかりましたでは、人々は、まず、信じないでしょう。その発見は、歴史的でなければ、いけないのです。まず、古代史研究家が、立て続けに、三人も殺されてしまう。それから、金印が見つかったことが発表され、その金印は、奪われていて、五千万円の値がつき、ようやく、手元に戻ってくる。そして、最後には、日本の古代史研究のオーソリティと呼ばれる二人の、著名な教授によって、本物であることが、確認される。大日向浩志は、そういうシナリオを、考えていたと思うのですね。

そのとおりに、実行されたんです」

「その証拠は、あるのかね？」

「一つだけ、証拠があります。それが五千万円の件です。大日向浩志は、発見した金印が、盗まれたといいました。そのあとで、突然、大日向浩志の取り引きしている、銀行の支店長の口から、どうも誘拐事件が起きて、大日向浩志が、五千万円もの大金を、支払うことになっているらしい、という話が、知り合いの新聞記者をとおして、私の耳に、流れてきたのです。普通、誘拐事件のような場合には、そんな話など、流れてこないのですよ。何といっても、人質の命が、大事ですからね。身代金の要求を、されていることなど、黙っているはずなんです。ところが、そういう話が、流れてきたということは、大日向自身が、秘書の織田澤芙蓉を使って、支店長に暗示させたに、違いないのです。銀行の支店長に事件性を匂わし、五千万円を、引き出せば、何らかの形で、警察に伝わってきます。そして、私たち警察が、見守っているなかで、身代金の支払いが、おこなわれました。その身代金の受け渡しは、古典的なもので、決して、珍しいやり方ではありません。しかし、これがおこなわれたことによって、あの金印は、五千万円の価値があるものだ、という話が、広がっていったのです。その上、三人もの、古代史研究家が事件に絡んで、殺されてしまった。五千万円の値打ち、三人の連続殺人という、大胆な事件、最後には、日本の古代史の権威である、二人の教授が、この金印は、本物であると断定しました。問題はそのあとです。アドベンチャー・ジャパンは、本物と認定された金印を、どこかに展示して、観覧料を取るというのが、普通の考え方ですが、大日向浩志は、記者発表までしておきながら、最後は、金印を福岡市に、寄贈してしまったのです。この行為によって、大日向浩志は、立派な、信念のある人物だ、ということになり、大日向浩志の主宰する、アドベンチャー・ジャパンも、マルチ商法の団体などではなくて、きちんとした、財団法人であるということに、なってきました。その一方で、大日向浩志は、ちゃっかりと、五年間の、金印のレプリカを作る権利と、それを販売する権利を手に入れました。これによって、億単位の利益が転がりこんでくるといわれ、今、大日向浩志は、自分の計画が、うまくいったことに、ほくそ笑んでいるに、違いないのです」

「すべてが、大日向代表が、計画し実行した犯罪だとして、それを、どうやって証明するのですか？　今のところ、大日向代表は、歴史的な金印を発見した功労者であり、殺人事件などの犯罪はすべて、渡辺孝という男が、企《たくら》み、実行したと、いうことになっています。それを覆《くつがえ》すのは、大変なんじゃありませんか?」

福岡県警の加藤警部が、首をかしげ、三上が、

「君の考えは、よくわかったが、具体的に、どこを、どうやって、捜査していくのかね?」

「まず、財団法人アドベンチャー・ジャパンという団体の実態を、調べます。もちろん、代表である、大日向浩志についても、徹底的に調べます。本当に渡辺孝という男が、犯人なのかどうかも、検討してみたいと思っています。大日向浩志に命令されて動いた可能性が、高いからです。木村利香という女性がいますが、果たして、本当に渡辺孝の女だったのかどうか? 大日向浩志の女だったのではないか? 渡辺孝のマンションにきていたという、赤いスポーツカーの女は、木村利香なのか。もしかしたら、織田澤芙蓉かもしれない。そのあたりも徹底的に、調べてみたいと思っています。これは、京都府警の篠原警部と、福岡県警の加藤警部に、お願いしたいのですが、京都では、稲川友之が殺され、九州の太宰府では、小山多恵子が、殺されています。当然、犯人は、大日向浩志によって、京都と福岡に、派遣されたに違いないのです。ですから、もう一度、事件を、洗

い直していただきたい。もし、そこに、得体のしれない人物が、浮かびあがったら、その正体を、探《さぐ》っていただきたい。その人間と、大日向浩志との関係がわかれば、彼を追いつめられます」

「捜査は、一刻も早く、やったほうがいいだろうな」

と、三上が、いった。

「私がきいた噂では、大日向代表は、今度は、エジプトにいって、未発掘の王家の墓を探すと、いっているそうだからね」

「初耳ですが、本当に、そんなことを、大日向浩志は、いっているんですか？」

十津川が、驚いてきくと、

「昨日買った週刊誌に、それらしい記事が載っているのを、見ました」

と、いったのは、北条早苗刑事だった。

「どんな記事だ？」

「今回の金印の問題について、大日向代表が、その週刊誌の編集者から、インタビューを受けている記事です。大日向代表は、得意げに、今回の金印発見の経緯について、話したあと、編集者から、次のアドベンチャーについてきかれて、こう、答えているのです。日本のなかでは、目的を達したので、今度は海外に出ていきたい。私が見るところ、エジプトでは、いまだに発見されていない、王の墓があるはずだ。それを、発見して、世界の人々のために、役立てたい。もちろん、発見したものはすべて、エジプト政府に、寄贈するつもりである。そんな趣旨のことを、話しているんです。そして、エジプトにいく予定は、一カ月後だとありました」

と、いった。

「絶対に、エジプトには、いかせないよ。それまでに、必ず、大日向浩志を逮捕してやる」

十津川は、きっぱりと、いった。

4

京都府警の篠原警部と、福岡県警の加藤警部には、すぐ、地元に帰ってもらい、それぞれ、京都で起きた稲川友之殺し、太宰府で起きた小山多恵子殺しについて、もう一度、調べ直してもらうことにした。

十津川のほうは、大日向代表が、主宰するアドベンチャー・ジャパンという団体に対して、メスを入れることにした。

アドベンチャー・ジャパンが、出している立派な、パンフレットによれば、やたらに魅力的な事業内容が、紹介されていて、こうした団体こそが、日本の誇りであるといったようなことが、書いてあったが、それにもかかわらず、毎年、この会をやめる人間が、多数出ていることも、事実だった。

そのやめた人間に、的を絞って、十津川は、話を、きくことにした。

そのひとりが、福田久雄《ふくだひさお》という男だった。

平凡なサラリーマンだが、福田久雄は、忙しい仕事の合間に、休暇を取っては、単身、南極へ出かけたり、世界の屋根といわれるエベレストに、登ったりしている、文字どおりの、アマチュア冒険家だった。

その冒険家が、アドベンチャー・ジャパンのパンフレットを見、その趣旨に賛同して、二年前の十月、会員となった。

それが、今年の二月には、早くも脱会している。ちょうど、大日向代表が、博多湾で金印を、探している時期である。

そんな時に、なぜ、脱会してしまったのか？

そういう話がききたくて、十津川は亀井と二人、福田久雄が、勤めているS銀行の、渋谷支店を訪ねていった。

銀行が閉まるのを待ってから、十津川と亀井は、福田久雄を誘って、銀行の近くの、喫茶店に入り、そこで、話をきくことにした。

「銀行員の冒険家というのは、珍しいんじゃありませんか？」

十津川が、いうと、福田久雄は、笑って、

「勤務自体が、堅《かた》いものですから、逆に、時間ができると、冒険したくなるのかも、しれませんね」

「確か、福田さんは、今話題になっている、アドベンチャー・ジャパンの、会員だったそうですね？　なぜ、あの会に、興味を持たれたのですか？」

亀井が、きいた。

「ひとりで冒険するのも、面白いですが、やはり、単独だと、いろいろ、限界もありますからね。パンフレットを見て、その趣旨に賛同して、会員になったんです」

「確か、福田さんは一昨年の十月に会員になられて、今年の二月に、脱会されていますね。一年あまりしか、いなかったということは、何か、あの会に、疑問を持たれたからですか？　ちょうど、その頃は、今話題になっている、親魏倭王の金印を、アドベンチャー・ジャパンが、博多湾で探している時じゃなかったですか?」

十津川が、いうと、福田久雄は、うなずいて、

「私が会員になった理由というのも、実は、それなんですよ。私は、学生時代から日本の古代史に、興味がありましてね。当然、二つの金印についても、しっていましたし、関心もありました。特に、邪馬台国の卑弥呼が、もらったという金印が、いったい、どこにあるのかが、ずっと、気になっていましてね。ちょうどそれを、アドベンチャー・ジャパンが、探しているというので、会員になり、ぜひ、参加したいと、申し入れたんです」

「それで実際、現地の博多湾にも、いかれたのですか?」

「ええ、いきましたよ。何回も、潜りました」

「福田さんが会をやめた時ですが、その時は金印は、発見されていたんですか?」

「いや、まだ、発見されていません。正確にいえば、やめたのは、金印が発見される直前でした」

「どうして、そんな大事な時に、突然、脱会されて、しまったのですか?」

十津川が、きくと、それまで、明るかった福田久雄の顔が、急に暗くなって、

「それについては、話したくないんですが」

「こちらとしては、そのあたりを、どうしても、話していただきたいのですよ。正直にいうと、今回の、金印騒ぎが、どうにも、腑に落ちないのです。あまりにも、簡単に発見されているし、その発見に絡んで、殺人事件まで、起きているんです。それで、今、捜査しているわけですが、事実を見極めたい。それで、福田さんが、あの金印探しに、参加されておられたのなら、なおさら、お話を、おききしたいのですよ。ぜひ、話していただきたい。お願いします」

十津川が、いうと、福田久雄は、しばらく、考えてから、

「警部さんが、そこまで、おっしゃるなら、お話ししてもいいのですが、これは、証拠がないことですから、そのつもりで、きいていただけませんか？」

第七章　終局

1

福田久雄が、話した。

「私たちは、アドベンチャー・ジャパンが、チャーターした船を基地にして、博多湾に潜っていたんですが、ある時、青い布に包まれたものが、大事そうに、船に運ばれてきたんですよ。長さは二メートルくらいありましたかね。かなり、かさばっていましたよ。しかし、代表の大日向さんは、それが、何かを教えてくれない。そのうちに、いつの間にか、どこかに、消えていたんです。何だったのかを、どうしてもしりたくて、その時、船の上に、アドベンチャー・ジャパンの、幹部だった渡辺さん、ええ、そうです、心中したあの渡辺孝さんが、いたんですよ。それで、渡辺さんに、あの大きなものは、いったい何なのかときいてみたんですよ。そうしたら、渡辺さん、意味ありげに、にやっと笑いましてね。あれは、三世紀頃に日本で使われていた、建造物の木片だというんです。どこかの大学の、年代測定用の試料を、盗み出したそうです。どこへ持っていったんですかと、きいたら、渡辺さん、またにやっと笑いましてね。決まっているじゃないか、博多湾の海底の砂のなかに埋めてきたんだと、そういいました。私は、ぴんときましたよ。邪馬台国の卑弥呼が、魏に使節を送って、親魏倭王の金印をもらったのは、三世紀のことです。その金印は、船が博多湾で沈没したと思われるから、発見されるとすれば、博多湾のどこかだろうと、そういわれていました。海底の砂のなかから、いきなり、金印だけが単独で、発見されたのでは、あまりにも不自然だから、海底の砂のなかに埋まっていた木片と、一緒に発見されたほうがいい。その木片を調べてみたら、三世紀のものだった、ということになれば、三世紀に沈没した船のなかから、親魏倭王の金印が見つかった、ということになりますからね。これは、アドベンチャー・ジャパンは、でっちあげるつもりだなと、その時、思ったので、私は、あのグループをやめたのです。その直後に、とうとう、親魏倭王の金印が、発見されました。それも、海底の砂のなかから見つかり、そこからは、三世紀のものと思われる木片が、同時に発見されたという、そういう発表がありました。やっぱり、でっちあげたなと、思いましたが、証拠がありませんからね。それで、今まで、ずっと黙っていたんです」

「今、おっしゃったことは、間違いありませんね？」

「ええ、間違いありません」

福田久雄は、自信満々の表情で、いった。

十津川は、すぐ、捜査会議を開いてもらい、今後の方針を指示した。

「これから、今回の殺人事件の容疑者を逮捕するが、その前に、金印が本物だと証言した、原口教授と石川教授に、任意同行を求めて、話をきくことにする」

翌日、十津川は、二人の教授に、東京の、捜査本部にきてもらった。

二人とも、明らかに、落ち着きのない、不安げな表情をしていた。

「お二人が、本物に間違いないと証言された、親魏倭王の金印ですが、あれが偽物で、アドベンチャー・ジャパンによって、捏造されたものであることが、判明しました」

十津川は、わざと、断定的に、はっきりとした口調で、いった。

二人の教授の顔が、いよいよ蒼ざめ、こわばってくる。

二人は、アドベンチャー・ジャパンから、謝礼として、それぞれ、二千万円の現金をもらっているだろうと、十津川は、推測していたが、あえて、それには触れずに、

「お二人が、大日向代表の脅迫によって、仕方なく、嘘の証言をされたことは、われわれには、わかっているのです。おそらく、お二人の家のどこかはわかりませんが、人間の首が、放り込まれていたんじゃ、ありませんか？　それで、お二人は、怖くなってしまった。そんな、直接的な脅迫に、お二人が、おびえてしまったことは、よくわかりますよ。しかし、今こそ、本当のことを、話していただかないと、今度は、教授としての地位が、危うくなってくるんじゃ、ありませんか？　今も申しあげたように、あの金印が、偽物であることは、証明されているんです。博多湾で、あの金印を発見した時に、立ち会っていた人のなかに、あれを偽物だと証言する人間が、出てきたんです。博多湾の海底には、わざと、日本の、三世紀に使われた木片が、砂のなかに埋められていたのですよ」

そんな、十津川の話をきいて、原口教授のほうが、先に告白した。

「本当に、怖かったんですよ。私よりも、家族が、まず先に、震えあがってしまいましてね。ある夜、突然、窓ガラスが割れて、人間の首が、飛びこんできたん

ですから」

少し遅れて、石川教授が、体を震わせるようにして、

「私は、夕方、家族で食事をしていたところに、人間の生首を、放り込まれたんですよ。あの時ほど、恐ろしかったことは、ありません」

「それで、お二人は、その首を、どうしたのですか？」

「そんなものを、家に置いておけるはずは、ないでしょう。さんざん脅かされていたので、警察に届けることもできず、近くの山に入って、埋めました」

原口教授がいい、石川教授は、

「自宅の近くに、池があるので、そこに、投げこみました」

「それでは、今、首がどこにあるのか、わかっているわけですね？　その場所を、はっきりと教えてください」

原口教授は、渡されたメモ用紙に、その場所を示す地図を、描きながら、

「実は、もう一つ、お話ししなければならないことがあるんですが」

と、いった。

「二千万円のことですか？」

「やはり、わかっていたんですか？」

「われわれは、今回の事件を、追っていますからね。たいていのことは、わかっているんです」

「あの二千万円は、どうしたらいいでしょうか？」

と、原口教授が、きく。

「お二人とも、もし、そのお金を、返す気があるのでしたら、私が預かっておいて、犯人に突き返して、やりますよ」

と、十津川が、いった。

「実は、私も」

と、石川教授が、いう。

「私の返事は、同じです」

と、十津川が、いった。

原口教授は、二千万円の現金を、京都から持参してきていたので、十津川がそれを預かり、石川教授のほうは、九州に帰ってから、すぐに、送金するといった。

次に、十津川は、三上捜査本部長に対して、アドベンチャー・ジャパンの代表、大日向浩志に対する逮捕状を、請求してくれるように、頼んだ。

「裁判所に逮捕状を請求してもいいが、間違いなく、大日向浩志が、今回の事件の犯人なんだろうね？」

三上は、確認するようにいい、十津川を見た。

「今のところ、稲川友之と小山多恵子の、二人の殺人容疑です」

「もうひとり、殺された男がいただろう？　東京で、死体が発見された浅井直也だ。この事件の逮捕状は、必要ないのかね？」

「もちろん、浅井直也を殺したのも、アドベンチャー・ジャパンの代表、大日向浩志に間違いないと、思っていますが、浅井直也の首は、東京湾で発見されただけで、証言者はおりません。その点、稲川友之と小山多恵子の場合は、京都の山中と、それから、九州の小さな池から、教授たちの証言どおり発見されたので、この二人の殺人については、逮捕状が、取れると思います」

裁判所から、逮捕令状がおりると、十津川は、部下の刑事を連れて、アドベンチャー・ジャパンの代表、大日向浩志の自宅を訪ね、エジプトに向かって、出発しようとしていた、大日向浩志を逮捕した。秘書の織田澤芙蓉には、共犯として、逮捕を前提に、刑事二人を張りつかせ、監視下においた。織田澤芙蓉が、以前に乗っていたのは、赤いスポーツカーであることも、判明していた。

大日向浩志は、捜査本部に、連行されると、大声で喚いた。

「こんなことを、していいのか！　殺人容疑といっているが、私が殺したという証拠は、あるのか？」

十津川は、落ち着いた声で、

「正式には、殺人と、金印を偽造したことによる、詐欺容疑です」

「何を馬鹿なことを、いっているのかね？　もし、私のことを、犯人だというのなら、その証拠を、示したまえ」

「まず最初に、例の親魏倭王の金印ですが、これは、明らかに、偽造ですね」

「証拠があるのか？」

と、また、大日向浩志が、怒鳴る。

「博多湾で、この金印を、探していたメンバーのひとりが、証言しているんです。アドベンチャー・ジャパンは、というよりも、代表であるあなたは、といったほうが、正確でしょうね。あなたは、博多湾から、偽造した金印が発見されるように、仕組んだんです。偽造した金印が、いかにも、三世紀に作られたものであるように、見せかけるために、何をしたか？　あなたは、三世紀に使われていた、建造物の木片を持ってきて、それを、博多湾の海底の砂のなかに、前もって、埋めておいたんですよ。そうしておいてから、そこで金印が、発見されたように、発表しました。そして、それを、博物館に寄贈して、レプリカを売ろうとした。これは、明らかに詐欺ですね。そして、原口教授と石川教授の二人は、古代史の専門家ですが、この二人を、あなたは脅かしましたね？　脅かしておいて、発見された金印が本物だと、証言させたのです。そのために、京都で殺した稲川友之と、九州の太宰府で殺した小山多恵子の首を、原口教授の家と、石川教授が家族と夕食をともにしていたところに、放り込みました。その時の恐怖を、二人の教授は、生々しく、私に語ってくれましたよ。それから、あなたから受け取ったという二千万円を、あなたに返してくれ、と頼まれました。これでも、あの親魏倭王の金印を偽造したことは、認めませんか？」

大日向浩志は、しばらくの間、黙って考えこんでいたが、

「弁護士を呼んでほしい」

と、いった。

2

金の力で、二十人の大弁護団が結成された。

しかし、大日向代表の逮捕が新聞に載ると、今まで、結束の固かったアドベンチャー・ジャパンの会員の間が、がたがたになってきた。元々、ワンマン体制だったことから、崩壊するのも早かった、といえるだろう。

アドベンチャー・ジャパンの幹部のなかから、次々に、大日向浩志の独裁ぶりを、証言する人間が、出てきた。

「ぜひ、話をきいてもらいたい」

と、電話をしてくる、アドベンチャー・ジャパンの幹部からは、十津川は、亀井と二人で、話をきいた。

以前は、大日向代表の、側近中の側近といわれていた、岡田隆三郎《おかだりゅうざぶろう》という男が電話をしてきて、渡辺孝について、こんなことを、打ち明けてくれた。

「ほとんどの会員が、騙されていたんです。アドベンチャー・ジャパンでは、完全なワンマンで、すべての実権を、代表の大日向浩志が、握っていたんです。大日向代表は、力も金も持っている。そうなると、面白いものでね。幹部のなかから、何とかして自分だけが、大日向代表に、気に入られようとする者が、現れましてね。これが、みにくい競争になったんです。私は、結局、遠ざけられたんですが。そのなかで、特に、大日向代表に可愛がられていたのが、渡辺孝でしたね。渡辺のほうも、大日向代表に、忠誠を誓っていましたよ」

「しかし、渡辺孝は、大日向代表から、例の金印を盗んで、その挙げ句に、五千万円で売りつけたという話を、きいていますが」

十津川が、いうと、岡田隆三郎は、笑って、

「そんなの、芝居に決まっているじゃありませんか」

「やはり、あれは、自作自演の八百長《やおちょう》芝居ですか？」

「そうですよ。大日向代表が、金印を、自分の部下の渡辺孝に、盗まれたといって、大騒ぎをしていたでしょう？　渡辺孝はよく、伊豆《いず》の大日向代表の別荘に、きていたんですよ。私たちも、そこで、彼に会っていますからね。みんなで、世間を騙すんだと、乾杯していたんです」

「しかし、最後には、渡辺孝は、木村利香と無理心中に見せかけて、殺されてしまったじゃありませんか？」

「あの心中事件も、大日向代表は、最初から、計画していたんじゃないかと、今になると思いますね。散々、渡辺孝を、利用するだけ利用して、最後には、口封じのために、殺したんですよ」

「木村利香という女性のことは、前からご存じでしたか？」

「ええ、しっていましたよ。大日向代表は、美人を秘書として、使うのが好きでね。今は、愛人でもある、織田澤芙蓉という、妙な名前の秘書を使っていますけどね。その前は、一時期、木村利香だったんです。二人とも、われわれ幹部よりも、高額な手当を、大日向代表から、もらっていたんじゃありませんかね？　だから、木村利香にしても、一生懸命に、大日向代表につくしたんだと、思いますよ」

「彼女の役目は、何だったのか、わかりますか？」

「何しろ、日本の古代史の定説を、変えるような偽造事件を、数人で起こそうとするんですからね。何よりも、学者先生たちを、摑んでいなければならない。そのことに、木村利香を使ったんですよ。木村利香は美人で、頭もいいし、大学の教授にも、知り合いが多かったから、どの大学の教授ならば、その言葉に、重みがあるかどうかを、大日向代表に報告しているのを、きいたことがありますよ」

と、岡田隆三郎が、いった。

「三人の、古代史研究家を殺したり、渡辺孝と木村利香を、心中に見せかけて殺した犯人は、誰なんですかね？　三人の古代史研究家を殺したのは、渡辺孝だろうと思っているのですが、違いますか？」

十津川が、岡田隆三郎に、きいた。

「確かに、渡辺孝は、大日向代表のためなら、何でもするような男でしたけどね。ひょっとしたら、大日向代表は、織田澤芙蓉の体も、与えていたのかも、しれませんね。金印を勝手に持ち出して、金に換えようとしたのを見つかって、盗んだことにさせられて。あれは、身代金を払うふりして、教授たちに払う、現金を作ったんですよ。でもね、ひとりでは、できないですよ、三人も殺すなんてことは」

「ということは、つまり、共犯者がいたのですね？　もし、その人間をご存じでしたら、名前を教えてください」

「お教えしても、いいですが、私がいったなんてことは、絶対に、内緒にしてくださいよ。何といっても、怖い相手ですからね」

岡田隆三郎は、戸川守《とがわまもる》という幹部の名前を、教えてくれた。

3

「その戸川守というのは、どういう男ですか？」

亀井が、きいた。

「大日向代表は、自分のためならば、殺人だって犯しかねない、いわばダーティな部分を実行する男を、前から、用意しておいたんですよ。それが、戸川守です。現在三十五歳ですが、十代の時に、人を殺したことがあるという話を、きいたことがあります」

「その戸川守は、今、どこにいるんですか？」

「ひょっとすると、もう、日本にはいないかも、しれませんよ」

「どうして？」

「発見された金印が、本物と認定され、渡辺孝も木村利香も、心中に見せかけて、殺してしまった。あと、真実をしっているのは、戸川守だけですからね。だから、大日向代表は、大金を与えて、海外に逃亡させたんじゃないのかな。そんな話を、きいたことがありますが」

「すでに、海外に逃亡ですか？」

十津川が、舌打ちすると、岡田隆三郎は、

「いや、まだ日本にいるかもしれません。何しろ、事件があってから、渡辺孝や木村利香の名前は出てきても、戸川守の名前は、どこにも、出ていませんからね。大日向代表に、海外に、逃げろといわれても、戸川自身が、海外に逃げる気がなければ、まだ東京にいるはずです」

「どうして？」

「東京に、好きな女がいるからですよ」

「その女の名前と、住んでいる場所を、教えてください」

十津川が、いった。

「これは、噂ですけどね。今回の働きが認められて、戸川守は、大日向代表から五千万とも六千万ともいわれる大金を、もらったそうですよ。そのほかに、海外への渡航費用や、滞在費もね。その金で、好きな女に、銀座《ぎんざ》に店を持たせたのではないか、という噂があるんですよ。確か、店の名前は『明日香』でしたよ」

「『明日香』ですね？」

「そうです。彼女の名前が、明日香ですから、それを、店名にしたんですよ。二十五歳くらいかな。とにかく、色っぽい女ですよ」

と、岡田隆三郎が、いった。

4

十津川は、密かに、部下の刑事たちに、探らせることにした。

銀座三丁目に〈明日香〉という名前のクラブが、あった。雑居ビルの、地下である。

〈明日香〉は、最近になってできたクラブだという。

ママは二十五歳、名前は明日香。

情報を、仕入れてきた西本刑事が、十津川に、報告した。

「ママは、なかなかの美人で、流行っているクラブらしいのですが、一方では、ママには男がいて、ママに手を出すと、酷い目に遭うという噂も、流れています」

「その男は、まだ日本にいるのか?」

「それは、わかりませんが、看板の時間になると、男が、クラブのママを、BM

Wのスポーツカーで迎えに、くるそうです」

と、西本が、いった。

すぐ、十津川は、そのクラブの周辺に、警官を配置して、

「絶対に逃がすな」

と、厳命した。

午前零時十分前、スポーツカーから降りた黒い人影が、手で顔を隠すようにして、雑居ビルのなかに入り、地下に通じる階段を、おりていく。

ビルの地下にあるのは、問題のクラブ〈明日香〉しかない。

「逮捕にいくぞ」

小声で、十津川が、いった。

刑事たちが、雑居ビルのなかに入り、地下一階にいく階段を、おりていった。

クラブの入口のドアには、金色で〈クラブ明日香〉と書かれている。

店のなかから、ジャズが、流れてきた。

十津川が、ドアを開けた。

店のなかには、二人の姿しか、なかった。着物姿のママと、今、店に入っていった男の、二人である。

二人は、カウンターの隅で、入口に背を向けて、何か小声で話している。

「戸川守だな？　殺人容疑で逮捕する」

十津川が、抑えた声でいい、若い西本刑事が、男の肩に手をかけて、こちらを、向かせた。

一瞬、十津川の顔が歪《ゆが》む。

（違う）

と、思った。

岡田隆三郎から提供された写真の戸川守とは、まったくの、別人なのだ。

カウンターのなかのママのほうは、写真で見た明日香に、違いなかった。

「俺に、何か用ですか？」

と、男が、きいた。

「君の名前は？」

亀井が、きき返した。

「金森《かなもり》ですが、俺、何も悪いことは、していないですよ」
二十五、六歳のその男は、しれっとした顔で、いった。
「戸川守は、どこだ？　今、君が乗ってきたスポーツカーは、戸川守のものだろう？」

「ああ、兄貴のことですか？　少し遅かったなあ。兄貴は、今頃、タイのチェンマイにいるんじゃないですか？　向こうで、若い女と、よろしくやっているんじゃないか、と思いますよ。何しろ、チェンマイというところは、アジア第一の、美人の産地だと、いいますからね」

「いつ、日本から脱出したんだ？」

「さあ、いつでしたかね？　そろそろ日本から逃げ出すぞ、といったのは、確か、三日前だったかな」

「外の車は？」

「ああ、あの車ですか？　あれは、兄貴にもらったんですよ。外国に持っていくのは大変だから、お前にやる。そういわれてね。いい車だから、大事にしようと、思っているんですよ」

と、男は、いう。

十津川は、明日香に向かって、

「君は、戸川守の、彼女だったんじゃないのか？　それなのに、どうして、君だけ、ここに、留まっているんだ？」

十津川が、きくと、明日香は、笑って、

「ああいう浮気な男は、こりごり。今はもう、この金森君で、満足しているの。とにかく、可愛いから」

そういって、明日香は、刑事たちが見ている前で、派手に、金森にキスして見せた。

ほかの刑事たちが、念のために、トイレや更衣室を、見て回ったが、誰の姿もなかった。

戸川守がいないからといって、金森という男を、逮捕するわけにはいかない。

一応、金森の住所と、明日香の住所をきいておいて、十津川は、引き揚げることにした。

5

十津川たちは、捜査本部に戻ったが、悔しさは、紛らわせようがなかった。

十津川は、もう一度、ここ三日間の、日本人の海外への出国を、入国管理局で、調べてもらった。

しかし、ここ三日間に、戸川守という三十五歳の男が、出国したという記録は、どこにも見当たらないと、いわれた。

「金森という男や、クラブのママの証言は、嘘なんじゃありませんか？」

亀井が、いった。

「そうかもしれないな。それとも、偽造パスポートを使って、出国したかの、どちらかだろう」

と、十津川が、いった。

「一応、偽造パスポートの線を追いかけてみますか？」

と、亀井が、きいた。

「いや、それより、ほかのことを、調べてもらいたい」

「と、いいますと？」

「戸川守という男のすべてだ」

「すべてと、いいますと？」

「今までに、海外にいったことがあるか？　英語が話せるか？　食事はどんなものが好きか？　それから、次は、クラブのママの明日香のことだ。明日香については、こういうことを、調べてもらいたい。明日香の今までの男関係、そして、戸川守との関係、それから、明日香の性格。今いったことを、一刻も早く、そして正確に、調べてほしい」

と、十津川が、いった。

刑事たちが調べた結果は、すぐ十津川に、報告された。

まず、戸川守についてである。

わかったことを、十津川は、箇条書きにしていった。
一　今までに、海外にいったことがない。
二　英語、そのほかの外国語も、まったく苦手である。
三　日本食以外は、あまり、食べたことがない。食べるとしても、せいぜい、日本的に作り直した、中華料理ぐらいである。
四　アルコールには強いほうだが、もっぱら、日本酒を愛飲している。ワインやシャンパンなどという外国のアルコールは、あまり好きではない。
五　アドベンチャー・ジャパンには、外国人の会員も、何人かいるが、外国人を交えた合コンのような時には、戸川守は、ほとんど、出席しない。その理由を、きかれると、どうにも、外国人女性は苦手だから、女は日本人に限るというのが、口癖だった。

六　今までにつき合ってきた女は、すべて、日本人である。

また、クラブのママ、明日香、本名、土屋《つちや》明日香を、調べた結果を、これも、

十津川は、箇条書きにした。

一　水商売の女にしては、珍しく、純情で一本気である。

二　同じホステス仲間から、隠れてやれば、浮気ぐらい構わない、どんどん、浮気をして、女を磨きなさい、といわれた時、明日香は、こう答えている。面倒くさい。ひとりの男とつき合っているほうが、気が楽だ。

三　外国のブランド物は好きだが、海外旅行は、好きではない。

四　今まで、ホステスをしていた店では、それほど、目立つ女ではなかった。だから、今回、戸川守に金を出してもらって、自分の店を持ったことを、大いに、感謝している。

十津川は、それを、黒板に書き写したあと、刑事たちを集めて、それを、読ん

できかせた。

「ここに、戸川守と、彼に店を持たせてもらった、土屋明日香について、性格や生活態度など、調べた結果を、箇条書きに書き出してみた。これを読んで、何か感じたことがあったら、いってくれ」

最初に、口を開いたのは、亀井刑事だった。

「ここに、書いてあることを読んで、第一に感じたのは、戸川守という男は、海外生活には向いていない人間だ、ということです。明日香についていえば、戸川守を裏切らないいんじゃないか、彼に、最後までつくすのではないかと、いうことです」

次に、北条早苗が、手を挙げた。

「内弁慶ということばがありますが、戸川守という男は、その、典型ともいえるのではないか、と思います。日本のなかにいる時は、威勢がいいのですが、海外にいくと、まるで、借りてきた猫のように、おとなしくなってしまうのでは、ないでしょうか？　彼に勇気がないというのではなくて、日本以外のところでは、暮らしにくい性格の男だと、思うのです。次に、土屋明日香について、ここに書かれた事柄から、推測すると、先日、戸川守の逮捕に向かった時、彼女は、今は、金森という弟分のほうが、可愛いといって、私たち刑事の見ている前で、彼に、キスをして見せましたが、今になってみると、いかにも、芝居がかっていた、と思います」

三人目には、西本刑事が、

「私も同感ですが、あの時、店にいた戸川の弟分、金森という男についても、調べてみたらいいのでは、ないでしょうか？　あの男のことがわかると、さらに、判断がしやすくなる、と思うのです」

すぐ、金森健二《けんじ》について、調べられ、捜査本部の黒板に、書き加えられた。

一　金森は、自分は、礼儀正しくて、仁義を重んじる人間だと、思っている。

二　彼が兄貴と、尊敬している戸川守に、命を助けられたことがある。

三　三年前のそのことを、金森は、ずっと胸に秘めていて、いつか、戸川守のために、命を張ってみせると、思っている。

西本刑事が、その文字を見ながら、

「ここに書かれた、金森の性格というか、仁義の文字を読むと、兄貴分の戸川守から、車を譲ってもらっても、あっさりもらってしまうのではなくて、しばらくは、どこかに、預けておいて、自分は自分の車を、使うのではないでしょうか？　同じことが、あのクラブのママとのことにも、いえると思うのです。あの店のママは、戸川守の彼女のはずですよ。兄貴分の彼女と、派手に、人前でキスをするというのは、彼の仁義に反していて、おかしいと思いますね。私も、あれは、私たち刑事に見せるための芝居、パフォーマンスだった、と思います」

「私も、君たちと、同じ意見なんだ。戸川守は、まだ、日本にいて、海外には逃亡していない。そうだとすると、現在どこにいて、何をしているのか？　それが、気になるのだがね」

「どこか、北海道《ほっかいどう》か東北の、人のあまりいかない、小さな鄙びた温泉宿のようなところに、潜伏しているのでは、ないでしょうか？」

三田村刑事が、いうと、

「今の三田村刑事の意見には、私は、反対だ」

十津川が、いった。

「どうしてですか？」

「理由はこうだ。もし、日本にいて、どこか、鄙びた温泉旅館に、隠れているのだとしたら、あの店のママも、一緒に連れていくはずだよ。戸川が、自分ひとりで、逃げるといったって、あのママが、ついていくに決まっている。戸川の弟分と、ママと二人で、へたくそな芝居を打った。戸川はすでに、日本から脱出して、タイのチェンマイで、向こうの女とよろしく、やっているといっていたが、それは、警察に、そう思わせるために、いったのであって、実はそうではない」

「戸川は、今、どこで、何をやっているんですか？　何を企んでいると、警部は、思っておられるのですか？」

と、亀井が、きいた。

「時がくれば、戸川は、あの明日香という女と一緒に、どこかで、のんびりと暮らそうと、考えていると思う。成功報酬として、おそらく、大日向浩志から高額の金を、もらっているはずだからね」

「しかし、戸川が、二年三年と、日本のどこかに、隠れていて、捕まらずにいたとしても、殺人の時効は、十五年ですからね。われわれ警察は、そう簡単に、諦めませんよ。それぐらいのことは、戸川本人だって、わかっているはずです」

と、日下刑事が、いった。

「もちろん、そんなことは、戸川もわかっている。だから、日本にいても、捕まらないようにしようと、思っているはずだ」

「どうやってですか？」

「おそらく、今、日本のどこかに隠れて、やろうとしていることは、顔の整形だと、私は、思っている」

「別人に、なるんですか？」

「そうだよ。整形の技術も、ずいぶん進歩した、といわれているから、完全な別人になれる。その上、警察は、戸川守が日本を脱出して、海外にいったと、思っている。そうなれば、指名手配されていても、堂々と、日本で生活していけるじゃないか？　別人になって、どこかに別荘でも買って、明日香と一緒に、そこで暮らしていけばいい。おそらく、そんなことを考えて、今、その、準備をしているんだと思う」

「日本中の整形外科医に、話をきいてみますか？」

「いや、それは無理だ。それより、こう考えてみたら、どうだろう？　君が戸川守なら、自分の顔の整形を、有名な医者に頼むかね？」

「そうですね。有名な整形外科医ならば、必ず、警察に連絡してしまうのではないか？　私が戸川なら、それを第一に恐れますけどね」

「そうさ。私が戸川守だって、そんな有名な整形外科医には頼まない」

「しかし、だからといって、無名の、へたくそな整形外科医に、頼むのも、考えものですよ。失敗して、変な顔になってしまうかも、しれませんから」

「そのとおりだ。へたな医者にも頼めない。腕が立って、しかも、ひっそりと、手術をしてくれて、絶対に、警察には連絡をしない。そんな整形外科医がいれば、その医者に、頼むんじゃないかね」

「そんな、医者がいますかね？」

「いるか、いないか、みんなで、捜してみようじゃないか」

と、十津川が、いった。

かつては、有名な整形外科医だったが、事件を起こして、医師免許を、取り消されてしまった。そういう整形外科医が、いないかどうかを、十津川は、調べることにした。

その結果、成瀬光一《なるせこういち》という整形外科医の名前が、調べている間に浮かんできた。

成瀬光一というその整形外科医は、かつて「神の手を持つ」といわれたほど、腕の立つ名医だった。

「どんなに、歳を取ってしまった女性でも、俺の手にかかれば、二十歳は、若返らせてみせる」

と、豪語していた医者である。

その医者が、五年前、あろうことか、自分の患者への暴行で、訴えられてしまったのである。若い美人の患者だった。

なぜか、成瀬光一は否定せず、それどころか、新聞記者に向かって、

「私は、本能のままに、動くことがある。だから、美しくて、魅力的な若い女性が、患者としてやってくれば、整形を施《ほどこ》すが、同時に、その患者と、寝てしまう。これは、どうしようもない」

と、いってしまった。

そのため、非難が集中し、成瀬光一は、医師免許を取り消されてしまったのである。

その後、成瀬光一は、東京を離れ、現在、軽井沢《かるいざわ》で悠々自適の、別荘暮らしをしているという。

それを、調べてきた西本刑事が、十津川に、こういった。

「成瀬という整形外科医の名声は、日本よりも、むしろ、海外でしられていま

す。特に、アメリカやヨーロッパの、いわゆる、金持ちのマダムたちが、大金を払って、成瀬を自宅に招いて、若くなるための、整形手術を依頼することが、多いらしいんです。そこで大金を手に入れて、帰国すると、何もしないで、悠々と別荘暮らしを、楽しんでいます。金がなくなると、また、自分を必要としている、アメリカやヨーロッパ、あるいは、中東の金持ちに、呼ばれていきます。成瀬は、現在、そんな生活を、送っているようです」

「それで今は、軽井沢にいるのか？」

「十日前に、帰ってきたそうですから、おそらく、軽井沢にいると、思いますよ。軽井沢の住所は、調べてきました」

と、西本が、いった。

「その軽井沢の別荘に、いってみようじゃないか？　運がよければ、そこで、戸川守を逮捕できるかも、しれないぞ」

と、十津川が、いった。

6

成瀬光一の別荘は、旧軽井沢の一等地にあった。

十津川は、すぐには、その別荘に乗りこまず、しばらく、様子を見ることにした。

間違いなく、戸川守がきていることを、確認してから、踏みこみたかったからである。

成瀬光一は、三十代と思われる、美人の女性と、別荘に住んでいる。彼女が、一週間に一回の割合で、車で、軽井沢駅近くの、大型スーパーに、買い物にくるという。

一週間に一回の買い物としても、その量はかなりなものだった。五十代の成瀬光一と三十代の女性の二人で、一週間分の食料やビール、あるいはウイスキーといっても、その量は、少しばかり多すぎた。

そのスーパーで、別荘への、配達をするという店員に、話をきいた。

「成瀬さんが、あのお手伝いの女性と、二人だけで住んでいらっしゃる時は、こんなに、買い物はしませんよ。特に、日本酒は、お買いになりませんね。もっぱら、ワインかウイスキーだから、おそらく、日本酒好きのお客さんが、きているんじゃありませんか？」

そのスーパーには、タバコの販売コーナーもあった。

「成瀬さんも、お手伝いの女性も、タバコは吸いませんよ。それなのに、このところ、必ず、タバコを、一週間に数カートン、買っていきますからね。タバコの好きな人が、きているんじゃありませんか？」

その聞き込みのあと、十津川は、部下の刑事たちと一緒に、別荘に、踏みこんでいった。

戸川守がいると、確信したからである。

思ったとおり、戸川守がいた。

まだ整形前で、成瀬光一と一緒に、どんな顔が、自分には似合っているか、さらにいえば、どんな顔が、戸川守のイメージと懸け離れているかを、相談している最中だった。

戸川守は、整形前に、逮捕されてしまったことに、ショックを、受けたらしい。

東京に連行されると、あっさりと、今回の殺人について、自供した。

「俺は、何とかいう金印には、まったく、興味がないんだ」

戸川守が、いう。

「俺が興味を持っているのは、女と金だよ。今は、明日香が気に入っている。アドベンチャー・ジャパンの、大日向代表のいうことを、きいていれば、簡単に大金が入ってくる。だから、黙って、大日向代表に、くっついていたんだ。別に、あの男を、尊敬していたわけじゃない。人間をひとり殺すと、そのたびに、大日向代表は、五百万くれたよ。面白いことに、普通は、数が多くなると、安くなるのだが、あいつが、依頼してくる殺人は、ちょっと違うんだ。一回目は五百万円、二回目は一千万円、三回目だと三千万円になる。その計算方法が、俺は気に入ってね。だから、二人三人と、殺していっても、後悔なんてしなかった。いい金になるんで、楽しかったさ。あの三人の古代史研究家を殺したのは、俺だし、渡辺孝と木村利香の二人を心中に見せかけて殺したのも、俺だよ」

「整形が成功していたら、うまく、逃げ切れたと思うかね?」

十津川が、きくと、戸川守は、笑って、

「神様といわれる、成瀬先生が、やってくれるんだぜ。まったく別人にしてみせると、あの先生がいってくれた。だから、成功すれば、俺は、あの先生に、五千万円でも、六千万円でも払おうと思った。あとは、まったく別人になって、明日香と、暮らすつもりだった」

「今、アドベンチャー・ジャパンの、大日向代表のことを、どう、思っているんだ?」

と、亀井が、きいた。

「さあ、どういったら、いいのかな」

「君の大事な、スポンサーだったんだろう? 大日向代表から、人を殺すたびに金をもらって、満足していたんじゃ、ないのかね?」

「ああ、満足していたさ。だがね、今もいったように、俺は、あの男がやっていたことには、何の興味も、ないんだ。古い印鑑を見つけて、いったい、どうなるっていうんだ? そんなもの、何の役にも、立たないじゃないか?」

戸川守が、笑う。

「古代史の、二人の有名な教授の家に、男と女の生首を、放り込んだのも、君の仕業なんだな?」

念を押すように、十津川が、きいた。

戸川守は、また小さく、笑って、

「俺ひとりじゃない。俺と渡辺孝の二人で、やったんだ。俺は、人間の首というのが、あんなに、重いものだとは、しらなかったね。投げこむには、苦労したよ」

「三人の古代史研究家の殺人も、大日向浩志にいわれて、君がやったんだな？」

「ああ、そうだ。木村利香の手引きでね」

「原口教授と石川教授の家に、二人の男女の首を、放り込めと命じたのも、大日向浩志だね？」

「ああ、彼がボスだからな」

「その時は、どんな、気がしたんだ？　なぜ、こんな、おぞましいことをやるのかと、疑問を持たなかったのかね？」

「ねえ、刑事さん、俺にとって、一番楽しいのは、金儲けなんだ。二番目は女でね。だから、俺は、金になる仕事なら、何も文句はいわないし、それが汚い仕事だとか、立派な仕事だとかは、考えないことにしているんだ。考えることはただ一つ、俺が今やっている仕事が、いくらになるのかと、いい女がそばにいるかだけさ」

「渡辺孝と木村利香の二人を、心中に見せかけて、殺した。それも間違いなく、大日向浩志の、命令なんだな？」

「あの殺人で、俺は、四千万円をもらったんだ。大日向以外に、今どき、そんな、大金を払う奴が、いるか？」

「しかし、渡辺孝は、最初は、君と一緒に、生首を、二人の教授の家に、投げこんだりしていたんじゃ、ないのかね？」

「ああ、そうだよ。今いったように、首というのは、やたらと、重いものでね。ひとりでは、うまく投げこめないんだ。だから、渡辺にも手伝ってもらったよ」

「そういう仲間を、殺すことに、何の躊躇《ちゅうちょ》も、感じなかったのかね？」

「あの時、俺がいわれてたのは、絶対に殺人とは、見破られず、心中だと思われるように、殺してくれ、ということだった。そう大日向代表にいわれていたんだ。だから、あの時は、そのことばかり考えていた。ただの殺人ではなくて、心中に見える、殺人だよ。渡辺孝がどうのこうのなんて、まったく考えなかったさ。大日向代表が、渡辺孝を犯人だと、発表したときには、渡辺孝と木村利香の、二人の身柄は、もう押さえてあったんだ。鎌倉で、あんたたち刑事を、出し抜いてやったのも、俺さ。覆面パトを、うまく、まいてやったのさ」

「どうして、そんなことばかり、考えていたのかね?」

「決まっているじゃないか。大日向代表に頼まれて、五人を殺したんだけど、全部の殺しについて、条件があったんだ。渡辺孝と木村利香の場合は、絶対に、心中に見えるように殺せ。それが、条件だったからね。もし、失敗したら、ひとり、二千万円の成功報酬は、もらえなくなるんだ。だから、最初から最後まで、心中に見せかけることだけを、考えたよ。あの二人は、しりすぎていたからな。心中に見せかけて、三人の古代史研究家を殺した犯人に、見せようと、したんだ。結構、緊張して面白かったから、ためらいなんて、感じなかったね」

十津川は、戸川守の、調書を取ったあと、取調室で、アドベンチャー・ジャパンの大日向代表と、向かい合った。

「ここには、四通の調書がある。第一の調書は、原口教授の調書だ。二番目は、石川教授の調書だ。どちらにも、あなたに脅かされて、問題の金印を、本物だと証言してしまった、しかし、今はそれを、後悔しているという内容が、書いてある。本物だと証言してくれと、いわれたので、最初は断った。そう簡単に、本物だと断定はできないからだ。ところが、その後、いきなり、部屋や食堂に、人間の生首が、放り込まれてきた。それで、すっかり、二人の教授は、怖じ気づいてしまった。今度、断れば、この首のように、殺してやるぞ、という警告と、受け取った。それも、家族と一緒にいるところに、投げこまれたものだから、自分より先に、家族のほうが、震えあがってしまった。そう、証言している。それで、仕方なく、金印は、本物だと証言した。二人は口を揃えて、そう自供しているんだよ」

「私が、先生たちを、脅かしたということですか？」

そういって、大日向浩志は、顔を歪めた。

「私は、脅かしただけではなくて、あの二人には、ちゃんと、金も与えたんですよ」

「二千万円のことか？」

「そうですよ。本物と証言してくれるだけで、二千万円も、払うんだから、悪い取り引きじゃないでしょう？」

「次の調書は、アドベンチャー・ジャパンの幹部、岡田隆三郎の調書だ。彼はね、自分のほうから、進んで申し出て、すっかり話してくれたんだよ。あなたがどんな人間で、あの金印は、どこで作らせて、本物らしく見せるために、三世紀の木片を、博多湾の海底の砂のなかに埋めておいて、あたかも、発見したかのように演技した。そういうことをすべて、岡田隆三郎は、話してくれたんだよ。四つ目は、今回の殺人事件で、ダーティな面を、ひとりで、引き受けた戸川守の調書だ。三人の古代史研究家を殺す時と、そのうちの二人の首を、教授たちの家に、放り込む時には、渡辺孝に協力させたと、証言している。戸川守は成功報酬の形で、ひとり目の殺人には、五百万円、二人目はその倍になって、一千万円、三人目は三千万円、三人で四千五百万円、渡辺孝と木村利香を、心中に見せかけて殺した時は、四千万円、全部で、八千五百万円を、あんたからもらったと、証言しているんだ」

大日向浩志は、下を向いたまま、何も答えようとしない。

十津川が、そんな大日向浩志に、

「それでも、あなたは、今回の一連の事件には、関係ないというのかね？」

と、いうと、大日向浩志は、突然、

「あの馬鹿！」

と、叫んだ。

「誰のことを、いっているのかね？　渡辺孝のことを、いっているのかね？　それとも、木村利香のことか？　実行犯の戸川守のことを、いっているのかね？」

「連中も、べらべら喋ってしまうから、馬鹿だよ。私からいわせれば、原口教授と石川教授が、馬鹿の双璧《そうへき》みたいなものだ」

「どうしてかね？　あなたに脅かされて、嘘をついたからかね？　それとも、二千万円の金を、受け取ったからかね？」

「それもあるけどね。私が、馬鹿だと思ったのは、あの二人の教授が、私が頼んだ例の金印を、最初に本物だ、といってくれなかったことですよ」

「当然だろう。あの二人の先生は、日本では、古代史の権威として、しられている人たちなんだ。その権威のある先生が、偽物とわかっている金印を、本物だなんて、いえるわけがないじゃないか？　そのどこが、馬鹿なんだ？」

「いいか、刑事さん。志賀島で、発見されて、今や、国宝に指定されている、漢委奴国王の金印だって、いまだに、あれは、偽物だと主張している人がいるんだ。それも、立派な大学の教授がだよ。それでいいんじゃないか。とにかく、二千年近くの昔に作られた金印なんだから、本物だという確証なんて、ありゃしない。一方、偽物だという確証だって、ありゃしない。それなのに、どうして、私が苦労して作った金印を、本物といってくれなかったのかね？　いってくれていれば、こんな、苦労なんかしなかったんだ。そのあとで、偽物だという噂が、流れたって、いいじゃないか。証明なんか、誰もできないんだから。日本中が、とうとう、二つの金印が、揃ったといって、お祭り騒ぎになる。大学の教授というのは、どうも融通が利かなくて困る。それが、今回の殺人事件の原因だよ」

(この作品はフィクションで、作中に登場する個人、団体名など、全て架空であることを付記します。)

本書は二〇一一年九月、祥伝社より刊行されました。

双葉文庫

に-01-96

二《ふた》つの「金印《きんいん》」の謎《なぞ》

2020年11月15日　第1刷発行

【著者】
西村京太郎《にしむらきようたろう》

【発行者】
箕浦克史
【発行所】
株式会社双葉社
〒162-8540 東京都新宿区東五軒町3番28号
［電話］03-5261-4818（営業）　03-5261-4831（編集）
www.futabasha.co.jp（双葉社の書籍・コミックが買えます）
【印刷所】
大日本印刷株式会社
【製本所】
大日本印刷株式会社
【カバー印刷】
株式会社久栄社

【フォーマット・デザイン】
日下潤一

ISBN978-4-575-52413-0 C0193
Printed in Japan

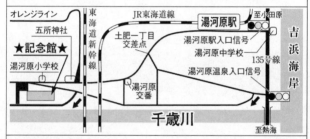